Petra Fischer

Schatten Leben
Roman

© 2017 Petra Fischer
2. Auflage
Herstellung und Verlag: BoD - Books on Demand, Norderstedt
ISBN 978-3-7431-8830-3

Vorwort der Autorin

Alle Personen und Handlungen sind von der Autorin frei erfunden.
Wer sich in diesem Roman wieder zu finden meint, bedenke bitte: Fantasie und Realität sprechen oftmals eine gemeinsame Sprache.

Für meinen Mann Michael, die Liebe meines Lebens

Prolog

Worin besteht der Sinn des Lebens? Diese Frage beschäftigt mich schon seit langem. Naja, wenn ich es mir recht überlege, eigentlich schon immer. Genau wie ich darüber nachdenke, wie es wohl sein würde, plötzlich einfach so alles zu beenden; ob es wirklich ein Leben nach dem Tod geben kann und wer wohl um mich trauern würde. Manchmal mache ich in Gedanken eine Strichliste, wem ich alles ein paar Tränen zutrauen würde und wer mich dann wirklich vermisst. Dann überlege ich mir, wie lange wohl die Trauer bei den Personen meiner Strichliste andauern würde, ob sie leiden würden und wie sie mit dem Verlust umgehen würden. Einige sind garantiert froh mich los zu sein, aber ich denke der Mehrheit wird es egal sein. Es ist ja nicht so, dass mich niemand leiden kann, aber da ich eher ein zurückhaltendes Leben führe, bin ich mir nicht sicher, wie viele Menschen überhaupt von meiner Existenz wissen. Es ist ja oft so, dass man durchs Leben wandelt, ohne jemanden wirklich wahrzunehmen oder von anderen wahrgenommen zu werden. Alles läuft nebeneinander her und vieles ist einfach nur selbstverständlich, aber ohne große Bedeutung. Ganz ehrlich, auf ein Leben nach dem Tod kann ich wirklich gut verzichten und Wiedergeburt, Himmel oder sonstiges brauche ich auch nicht. Das einzige wonach es mir steht, wenn ich gehe, ist Ruhe. Nie wieder leiden und nie wieder denken. Dieser Gedanke ist wirklich traumhaft...

1.

Bis vor kurzem habe ich ein tolles Leben geführt. Klar irgendwas fehlt immer, denn der Mensch wäre nicht Mensch, wenn er einfach mit allem zufrieden wäre. Nur so ist der ganze Fortschritt entstanden, weil es Menschen gab, die nach Verbesserung gestrebt haben. Und doch kann ich sagen, dass ich im Großen und Ganzen wirklich glücklich war. Ich hatte ein tolles Haus und die wunderschönste, klügste und fantastischste Frau, die man sich nur wünschen konnte. Und dann, von einer Minute zur nächsten hatte sich alles verändert. Es war der Tag, an dem meine Frau bei einem Unfall mit Fahrerflucht getötet wurde. Dies liegt nun fast drei Jahre zurück und sie fehlt mir jeden Tag ein bisschen mehr.

An einigen Tagen weiß ich gar nicht, wie ich ohne sie atmen soll, würde mich am liebsten einigeln und vor mich hin wimmern wie ein Baby. An anderen Tagen klappt es besser. Dann stürze ich mich voll in meine Arbeit als Webdesigner oder lenke mich mit allen möglichen Sachen ab. Und dann gibt es Tage, an denen kann ich mir sogar vorstellen, dass ich irgendwann wieder glücklich sein kann. Vielleicht sogar eine neue Beziehung einzugehen. Zugegeben, diese Tage sind eher selten, aber immerhin gibt es sie.

Anfang letzten Jahres habe ich unser Haus verkauft und bin in ein kleines Zwei-Zimmer-Apartment gezogen. Ich konnte es einfach nicht mehr ertragen, ständig an sie erinnert zu werden und doch zu wissen, dass ich sie nie wieder sehen und sprechen kann. Am liebsten hätte ich das Land ganz verlassen, irgendwo neu angefangen, aber dafür fehlt mir die Kraft und vor allem der Mut.

Nachts liege ich oft wach, starre an die Decke und schwöre ihr Bild vor meinem inneren Auge herbei. Dann sehe ich ihr blondgelocktes schulterlanges Haar, wie es im Winde weht; ihre herrlich grünen Augen, die mit goldenen Sprenkeln versehen sind; ihr kleines Stupsnäschen und den verführerischen Schmollmund; ihre weiblichen Rundungen, die mich schon immer um den Verstand gebracht haben. Oh, wie ich sie vermisse, meine geliebte Fiona. Ich vermisse ihr Nähe, unsere Gespräche, unsere gemeinsame Zeit und ja auch unseren fantastischen Sex...

Heute ist einer der Tage, an denen es mir ganz gut geht. Die Mikrowelle summt und erwärmt mir mein Essen vom Vortag, während ich mich durchs Abendprogramm zappe.

Wie zu erwarten war, läuft nichts Aufregendes im Fernsehen und als ich gerade den Fernseher ausschalten will, heftet sich meine ganze Aufmerksamkeit auf eine Reportage über Fehlgeburten in der Frühschwangerschaft. Es erwischt mich eiskalt, der totale Erinnerungsflash: Auch Fiona und ich hatten einst ein Baby erwartet.

Ich erinnere mich an das Leuchten in Fionas Augen, als sie mir das Ultraschallbild unter die Nase gehalten hatte. Natürlich hatte ich nichts auf diesem Bild erkennen können und Fiona hatte es mir ganz geduldig erklärt, wo das kleine Herz schlägt. An diesem Abend waren wir essen gegangen und jeder, der unseren Weg kreuzte, musste sich von mir anhören, ob er wollte oder nicht, dass wir ein Baby bekommen. Fiona war das schon irgendwann peinlich, aber ich war einfach nur so stolz und überglücklich, dass ich die freudige Nachricht am liebsten vom höchsten Haus der Stadt gerufen hätte. Wir sind durch die Straßen getanzt und alles war einfach so schön. Vier Wochen später durfte ich mit zum Ultraschall und auch diesmal konnte ich erst etwas erkennen, nachdem der Arzt es mir erklärt hatte. Später hatte ich Freunden das neuste Bild unseres Babys präsentiert und mit einer Selbstverständlichkeit erklärt, was man wo sah. Fiona stand daneben und bekam sich kaum ein vor Lachen. Die Zeit verging und auch ihr Bäuchlein wurde immer runder. Ich hatte bis dahin gar nicht gewusst, wie sexy eine schwangere Frau sein kann. Bei jedem Einkauf fanden wir irgendwas, was unser Baby unbedingt brauchen würde. Eine unbeschreibliche Zeit und dann kam das Unfassbare: Die ersten spürbaren, zarten Bewegungen. Noch heute bekomme ich eine Gänsehaut, wenn ich daran denke, wie es sich angefühlt hatte, das Baby so durch die Bauchdecke zu spüren. Wir waren die glücklichsten werdenden Eltern auf Gottes Erdboden und alles glich einem wundervollen Traum.

Das böse Erwachen kam an dem Tag, als Fiona mit Blutungen in der zwanzigsten Schwangerschaftswoche ins Krankenhaus kam und die Ärzte nur noch den Herzstillstand unserer Tochter feststellen konnten. Es traf mich wie ein Schlag und ich konnte es nicht glauben, dass unser Baby nie geboren werden sollte. Unter Tränen beichtet mir dann Fiona, dass ihr seit einiger Zeit so ein suspekter Typ nachstellen würde, sie mir aber nichts gesagt habe, weil sie mich nicht damit belasten wollte. Kann man sich so was vorstellen? Meine schwangere Frau wollte mich schonen und ging deshalb für mich durch die Hölle! Wie Schuppen fielen mir plötzlich die ganzen Warnhinweise von den Augen: Fiona, die oft ängstlich wirkte; Fiona, die zusammenzuckte, wenn das Telefon läutete; Fiona, die nur noch ungern das Haus verlassen hatte. Ich hatte das damals alles auf die Hormonumstellung geschoben und mir alles schöngeredet. Wie hätte ich das auch ahnen können?

Als Fiona aus dem Krankenhaus entlassen wurde, hatte ich alle Babysachen weggeräumt. Wir redeten an dem Abend noch ein einziges Mal über unsere kleine Tochter, der wir den Namen Celina gaben. Wir weinten gemeinsam um unsere kleine Tochter, die wir nie kennenlernen durften und doch so geliebt hatten. Es hätte mir doch sowieso nichts gebracht, ihr Vorwürfe zu machen, das tat Fiona schon selbst genug. Beerdigen durften wir unser Kind nicht, denn die Bestimmungen damals besagten, dass ein Baby erst beerdigt werden darf, wenn es über ein Kilogramm wiegt. Also setzten wir unserer kleinen Celina ein Denkmal in unseren Herzen.

Einmal war Fiona nochmal schwanger geworden, aber ihr Körper hatte das Baby gleich wieder abgestoßen. Danach wollte sie keine Kinder mehr und ich wollte einfach nur, dass meine Frau wieder lachen kann.

Von einem Piepen werde ich aus meinen Erinnerungen gerissen. Die Mikrowelle teilt mir mit, dass mein Essen warm ist, doch irgendwie ist mir der Appetit vergangen. Also nehme ich den Teller aus der Mikrowelle und schütte die dampfenden Spaghetti Carbonara in den Abfalleimer. Dann schalte ich den Fernseher aus und falle erschöpft ins Bett. An Schlaf ist nicht zu denken. Ich starre an die Zimmerdecke und lasse meinen Tränen freien Lauf. Nach all den Jahren kommen endlich die Tränen, die schon so lange in meiner Brust gebrannt haben. Ich weine um meine tote Frau und um meine tote Tochter. Ich weine Tränen längst vergangener Zeit. Irgendwann, als alle Tränen geweint sind und das letzte trauernde Schluchzen verebbt ist, falle ich in einen traumlosen Schlaf.

2.

Wieder ist ein Monat vergangen. So langsam werden die Tage kürzer und es ist deutlich kühler geworden. Ich habe nichts gegen die kalte Jahreszeit, ganz im Gegenteil, ich mag sie sogar. Mein damaliger Studienkamerad Tom hat immer gesagt: „Eis und Schnee sind nur schön gemachtes Wetter." Ich finde, er hat nicht ganz Unrecht mit diesem Spruch und genau aus diesem Grund denke ich meist an ihn, wenn der Winter einkehrt. Tom, was der jetzt wohl so macht? Ich muss ihn wirklich mal wieder anrufen, vielleicht sogar mal auf ein Bier treffen. Und dann über alte Zeiten plaudern. Ja, das würde mir sehr gefallen. Im Stillen mache ich ein Memo an mich selbst: Tom anrufen.

Der heutige Tag verlief ohne besondere Vorkommnisse. Auf dem Heimweg von der Arbeit halte ich noch beim Supermarkt an, denn so langsam knurrt mein Magen doch ganz schön. Während ich so durch die Gänge schlendere und mir überlege, was ich denn heute essen möchte, lenkt plötzlich monströses Kindergeschrei und die sehr genervt klingende Stimme einer Frau einen Gang weiter meine Aufmerksamkeit auf sich. Irgendwoher kenne ich diese Stimme, aber mir will partout nicht einfallen woher. Neugierig schaue ich langsam um die Ecke des Regals und werfe einen Blick in den anderen Gang. Das Spektakel, was ich erblicke, lässt ein breites Grinsen auf meinem Gesicht erscheinen. Zwei kleine Rabauken streiten sich lautstark, wer zuerst den Einkaufswagen schieben darf. Die Mutter der zwei steht etwas unbeholfen daneben, gibt den Versuch dann aber doch auf, die zwei bändigen zu wollen und kann nur noch mit dem Kopf schütteln.

Mit weit ausgebreiteten Armen gehe ich auf die drei zu.

„Joan!"

Joan sieht sich um, wer ihren Namen ausgesprochen hat. Als sie mich sieht, muss auch sie breit lächeln.

Joan hat sich in all den Jahren gar nicht verändert. Sie hat immer noch den gleichen olivfarbenen Teint; dunkelbraunes, fast schwarzes, unbändig wirkendes Haar; braune, mandelförmige Augen und trotz ihrer zwei Kinder, eine zierliche Figur.

Wir umarmen uns und ich bekomm sogar ein Begrüßungsküsschen von ihr auf jede Wange. Dann strubble ich durch die Haarschöpfe der zwei Rabauken, die augenblicklich Ruhe geben. Da sie mich nicht kennen, betrachten sie mich neugierig von oben bis unten und verstecken sich dabei hinter ihrer Mutter. Das letzte Zusammentreffen zwischen Joan und mir liegt schon ein paar Jahre zurück. Damals hatte Joan gerade ihr erstes Kind bekommen und machte eine sehr schwere Lebensphase durch: Drogen, Alkohol, Männer. Die Schule hatte sie geschmissen und wusste nichts mit ihrem Leben anzufangen. Sie lebte von einem in den anderen Tag hinein und zu dieser Zeit war es wirklich fraglich, wie sie ein Kind großziehen sollte, denn sie war an manchen Tagen lieber um die Häuser gezogen, als ihren Mutterpflichten nachzukommen. Von Freunden hatte ich dann gehört, dass Joan noch ein Kind bekommen hatte. Einmal hatte ich sie mit dem Baby gesehen. Aber wir hatten nicht miteinander gesprochen. Dann herrschte Funkstille zwischen uns.

Und nun sehe ich Stolz in ihren Augen, als sie mir mit leicht roterhitzten Wangen mitteilt, dass sie vor zwei Monaten eine Ausbildung zur Friseurin begonnen hat.

„Der Job macht mir echt riesig viel Spaß und mit Max und Tim klappt es auch immer besser."

Das glaube ich ihr ohne auch nur einen Zweifel zu hegen, denn ich sehe das Leuchten in ihren Augen, das nur eine bedingungslos liebende Mutter haben kann.

Die Jungs drängeln, sie wollen jetzt endlich nach Hause und auch mir teilt mein knurrender Magen mit, dass es wirklich Zeit wird, sich zu verabschieden. Ich meine einen traurigen Schimmer in Joans Augen zu vernehmen.

„Wenn du magst, können wir ja mal telefonieren und uns dann vielleicht treffen. Ich würde mich wirklich freuen!"

Joan beginnt in ihrer Handtasche zu kramen und bringt eine kleine Visitenkarte von sich zum Vorschein.

„Wie wäre es mit Samstag? Achtzehn Uhr zum Abendessen?"

Da ich am Wochenende sowieso noch nichts vorhabe, nehme ich die Einladung nur allzu gern an.

Joans Blick ist voller Freude.

„Kommst du allein oder in Begleitung?"

„Allein!"

„Gut, Anthony, dann bis Samstag. Ich freue mich!"

Mit diesen Worten trennen wir uns und jeder geht wieder seinen eigenen Weg.

Die Woche vergeht wie im Flug und ehe ich mich versehe ist es Samstagabend.

Ich irre durch die Straßen, um die Adresse von Joan zu finden. Ausgerechnet heute hat mein Navi seinen Dienst quittiert. Etwas orientierungslos fahre ich umher und biege dann endlich in die richtige Straße ein. Na das kann ja heiter werden, hier einen Parkplatz zu ergattern, von dem man nicht ewig zurücklaufen muss.

Als ob mein Stoßgebet erhört wurde, fährt zehn Meter vor mir ein dunkelblauer BMW aus einer Parklücke, die ich sofort als meine Eroberung betrachte. Etwas klein für meinen silbernen Land Rover, das muss ich schon zugeben, aber nichts ist ja bekanntlich unmöglich. Nach einigen Malen hin und her rangieren stehe ich endlich vorbildlich am Straßenrand eingeparkt da und mache mich dann auf den Weg zu meiner Zieladresse. Joan wohnt in einem, von außen wirklich stark renovierungsbedürftig wirkenden Wohnblock, mit fünf Eingängen und sechs Etagen. Wie sich herausstellt, wohnt die kleine Familie im sechsten Stock. Die Haustür steht offen, sodass ich ohne zu klingeln, die Treppen zu der Wohnung hinaufsteige. Einen Aufzug gibt es nicht.

Ich bin völlig außer Atem, als ich oben ankomme und nehme mir sogleich vor, wieder in Zukunft mehr für meine Fitness zu tun. Mit einem großen, bunten Blumenstrauß stehe ich nun vor Joans Wohnungstür. Auch von innen macht das Mietshaus einen eher heruntergekommenen Eindruck. Aber wenigstens ist alles sauber. Das gefällt mir.

Hinter der Tür sind Kinderstimmen zu vernehmen. Es scheint aber diesmal kein Streit zu herrschen. Es hört sich eher nach einem aufregenden Spiel an.

Den Jungs bringe ich Fruchtgummi, Schokolade und zwei kleine Spielzeugautos mit. Von den Kindern meines Bruders weiß ich, dass sich nur allzu gern wegen Kleinigkeiten gestritten wird. Um dem aus dem Weg zu gehen, habe ich zweimal das gleiche Auto besorgt.

Ich straffe meine Schultern und drücke dann auf den Klingelknopf. Es ertönt eine gedämpfte Melodie, die mich freundlich anzumelden scheint. Augenblicklich wird auch die Tür aufgerissen und wieder schauen mich vier braune, mandelförmige Kinderaugen fragend und gleichzeitig erwartungsvoll an.

Ich begrüße die zwei, strubble durch ihr Haar und überreiche ihnen sogleich die Tüte mit den Geschenken. Beide freuen sich riesig und begutachten gespannt den Inhalt der Tüte.

Scheinbar habe ich ihren Geschmack getroffen, denn sie machen einen durchaus zufriedenen Eindruck. Ich freue mich darüber, dass ich bei den beiden offensichtlich punkten konnte.

Joan begrüßt mich mit einem Kuss auf die Wange und nimmt die Blumen entgegen. Mit einem zufriedenen Lächeln nimmt sie den Duft der Blumen in sich auf und bedankt sich. Dann zeigt sie mir, wo ich meine Jacke und Schuhe ablegen kann und geht dann voraus in die Küche.

Noch bevor ich ihr folgen kann, werde ich von zwei Kinderhänden an jeder Hand in ein kleines Zimmer am Ende des Flurs gezerrt. Das Zimmer entpuppt sich als Kinderzimmer und stolz wird mir jedes einzelne Spielzeug präsentiert. Joan ruft aus der Küche, dass das Essen fertig sei und ich verspreche den beiden, nach dem Essen noch etwas mit Bausteinen mit ihnen zu bauen. Dann lasse ich mich durch das Wohnzimmer in die Küche führen, in der eine kleine orangebraune Essecke steht. Die Küchenmöbel sind mintgrün, was ich toll finde, denn grün ist meine Lieblingsfarbe. Alles ist sehr spartanisch eingerichtet, aber genau das schafft eine durchaus gemütliche Atmosphäre.

Es riecht sehr verführerisch nach Hähnchen.

Kaum habe ich auf der Eckbank Platz genommen, sitzt auch schon Max rechts von mir und Tim klettert links neben mich auf die Bank.

„Weißt du was Mama? Anthony hat versprochen, mit uns nach dem Essen was aus Bausteinen zu bauen", verkündet Max mit strahlenden Augen.

Joan blickt mich schelmisch an, sodass ich nur noch mit den Schultern zucken kann. Nun ist es also amtlich und drücken gilt nicht mehr.

Mit einem Lächeln bietet mir Joan ein Bier an, welches ich nur allzu gern nehme. Dann verteilt sie das Essen auf die Teller und stellt jedem einen große Portion Hähnchenkeule mit Bratkartoffeln und Spiegelei vor die Nase. Alles schmeckt wirklich sehr köstlich und während des Essens wechseln Joan und ich kaum ein Wort, sondern lauschen dem regen Geplapper der Jungs. Wie ich in dem Gespräch erfahre, wird Max bald sieben und wünscht sich die neusten Pokémon-Karten. Er ist im Sommer in die Schule gekommen und hat sogar schon eine kleine Freundin. Tim hingegen ist fünf, liebt Flugzeuge und geht noch in den Kindergarten.

Nach dem Essen beginnt Joan mit dem Aufräumen der Küche. Ich stelle sicher, dass sie meine Hilfe nicht benötigt und ziehe mich dann mit den Jungs ins Kinderzimmer zurück. Wir beginnen einen Flughafen mit Parkplatz und allen Drum und Dran für Tims Lieblingsflugzeug zu bauen.

Die Zeit vergeht wie im Flug und irgendwann steht Joan im Türrahmen.

„Hey ihr Süßen, es wird langsam Zeit zum Aufräumen. Es ist schon spät."

Ein Blick auf meine Uhr verrät mir, dass es schon nach zweiundzwanzig Uhr ist.

Maulend räumen die zwei alle herumliegenden Bausteine fort. Nur den Flughafen lassen sie stehen, damit sie morgen weiterspielen können. Dann ziehen sie ihre Schlafanzüge an und gehen sich ihre Zähne putzen.

„Schlaft gut ihr zwei. Und wenn ich das nächste Mal wieder zu Besuch bin, bauen wir weiter."

Mit diesem Versprechen verlasse ich das Kinderzimmer. Ein leises „La le lu" begleitet mich durch den Flur.

Während Joan ihren Kindern noch ein Gutenachtlied vorsingt, gehe ich ins Wohnzimmer und mache es mir dort auf dem roten Sofa bequem. Ich schaue mich im Raum um, betrachte die gerahmten Fotografien, die auf der silbergrauen Schrankwand stehen. Auf einem Bild, sieht man zwei lachende Kinder beim Baden, auf einem anderen die zwei beim Schaukeln. Dann gibt es ein Bild von Max mit einer riesigen Schultüte im Arm, wie er gerade zahnlos in die Kamera grinst. Und natürlich eins von Tim mit einer kleinen Schultüte. Einen Mann scheint es in Joans Leben nicht zu geben.

Joan betritt leise das Zimmer. Sie sieht geschafft und müde aus, aber auch glücklich. Sie lässt sich neben mich aufs Sofa fallen, um gleich wieder aufzuspringen und in die Küche zu eilen.

„Ich habe da ja noch was."

Verkündet sie beim Rauseilen.

Zurück kommt sie mit einer Flasche *Riesling-Spätlese*, zwei Weingläsern und einem Korkenzieher. Dann setzt sie sich abermals neben mich und reicht mir die Flasche und den Korkenzieher. Die Gläser stellt sie auf den grauen Schiefersteincouchtisch. Ich nehme alles entgegen, mache die Folie ab, drehe den Korkenzieher in den schon leicht porösen Kork und ziehe ihn dann mit Schwung aus der Flasche. Gekonnt gieße ich den Wein in die Gläser ein und reiche Joan ein Glas. Welch herrlich goldgelbe Farbe der Wein hat. Wir prosten uns zu und nippen dann genüsslich an diesem edlen Tropfen. Selten habe ich so guten Wein getrunken, der weder zu herb noch zu süß ist.

Lange reden wir über banales Zeug. Als ich sie nach dem Vater von Tim frage, winkt sie nur ab.

„Ach, das war genauso wie bei Max´s Vater. Hat sich sofort aus dem Staub gemacht, als er hörte, dass ich schwanger bin."

Da sie eindeutig nicht darüber reden will, versuche ich geschickt das Thema zu wechseln. Also erkundige ich mich, so nebenbei klingend wie nur möglich, wie es denn zurzeit bei ihr um die Liebe bestellt ist.

Diese Frage hätte ich lieber nicht stellen sollen, denn ihr Blick wird augenblicklich leer und traurig. Sie steht auf und geht in Richtung Badezimmer. Im Türrahmen dreht sie sich um und schaut mir fest in die Augen.

„Wenn ich das doch nur selbst wüsste."

Mit diesen Worten verschwindet sie im Bad und kommt lange Zeit nicht wieder raus.

Als sie wieder zu mir kommt, hat sie rotgeweinte Augen. Ich stehe auf, trete auf sie zu und nehme sie fest in meine Arme. Es tut mir so unendlich leid, sie so aufgelöst zu sehen und würde so gern ihre Tränen trocknen, ihren Schmerz erlöschen lassen, ihr irgendwie helfen, alle gesagten Worte zurücknehmen. Nach ein paar Minuten setzen wir uns aufs Sofa; nehmen unsere Gläser in die Hand, ohne zu trinken und hängen jeder seinen eigenen Gedanken nach. Joan ist die erste, die das Schweigen bricht. Sie leert ihr Glas in einem Zug und beginnt dann zu erzählen. Ich unterbreche sie kein einziges Mal, sondern höre ihr einfach nur zu...

3.

„Also... Ähm, alles begann damit, dass es mir vor fünf Jahren doch echt beschissen ging. Tim war gerade geboren worden und mit Max war es auch nicht einfach. Zugegeben meine größte Angst galt nicht den Kindern, sondern eher hatte ich echt Angst, einen Rückfall mit Drogen oder so zu bekommen. Ich musste einfach mal raus und da hatte ich beschlossen, eine Zeitlang meine ältere Schwester Vanessa in den Bergen zu besuchen, um mal auszuspannen, neue Energie zu schöpfen und so.

Und dann, kaum war ich angekommen, da traf ich ihn: Gutaussehend, sexy und absolut charmant. Sein Name war Ole.

Oh Mann, ruckzuck hatte mich Ole um den Finger gewickelt und ohne, dass ich es wirklich wollte, hatte ich mich bis über beide Ohren in ihn verknallt. Alles war rosarot um mich herum, alles war so schön mit ihm. Verstehst du, was ich meine? Das kannte ich doch so gar nicht und dann... Peng! Plötzlich zerplatzte alles wie eine Seifenblase. Da waren so viele Gerüchte um andere Frauen und jede Menge anderer Lügen und ich wusste einfach nicht mehr, was ich noch glauben sollte und was nicht. Ich war nur noch am Heulen und mir ging es so verdammt mies. Ich wusste ja, wenn ich weiter so leide, ist das weder für meine Kinder noch für mich gut und so beschloss ich einfach, die Zeit mit ihm nur noch zu genießen und auf keine Gerüchte oder so zu hören. Natürlich hatte das nur in der Theorie funktioniert. Wenn wir uns sahen, war alles so schön. Wenn wir telefonierten oder mailten, fühlte ich mich ihm so nah und vor allem geliebt. Aber die Zeit dazwischen, wenn ich ihn nicht sehen, hören, spüren konnte, war und ist halt so scheiße hart für mich.

Das nächste Problem ist natürlich die Entfernung, die ja nicht gerade klein ist. Ich fahre so oft hin, wie es mir halt möglich ist. Das war bisher immer so ungefähr zwei bis drei Mal im Jahr. Aber jetzt durch meine Arbeit geht das auch nicht mehr so einfach und Max muss ja zur Schule.

Mich hat er noch nie besucht und glaube mir, ich hätte mein ganzes Leben für ihn aufgegeben, hätte er nur ein einziges Mal gesagt, dass ich bei ihm bleiben soll. Das hat er aber nie getan.

Und jetzt war ich letztens da, für zwei Wochen, und da sagte der mir doch rotzfrech ins Gesicht, dass so eine Tussi, die auch noch was von ihm will, bei ihm für eine Weile wohnen wird, weil sie Beziehungsprobleme oder so hat. Ich hatte ihn regelrecht angefleht, dass die erst kommen solle, wenn ich wieder nach Haus gefahren bin. Er sollte mir doch einfach nur zeigen, dass ich ihm wichtig bin, wenigstens etwas bedeute. Er sollte mir gegenüber nur einmal loyal sein. Aber Ole meinte nur, er habe es versprochen und was er verspricht hält er auch. Aber er hatte mir geschworen, dass zwischen den beiden unter Garantie nie was laufen wird, weil die gar nicht sein Typ ist und so.

Was blieb mir also anderes übrig, als ihm zu glauben? Doch ich konnte den Gedanken einfach nicht ertragen, dass er da mit so einer Tussi haust, also hatte ich mir die Kids geschnappt und war heimgefahren.

Irgendwann die Tage hatte ich ihm eine Mail geschrieben und gefragt, was nun sei. Seine Antwort traf mich wie ein Schlag, denn er sagte mir, dass die zwei eine Beziehung versuchen werden und auch schon im Bett zusammen waren.

Oh, großzügig wie er ist, will er aber trotzdem eine Freundschaft mit mir und er freut sich drauf, wenn ich das nächste Mal komme und wir uns dann treffen.

Seither habe ich nichts mehr von ihm gehört. Was bin ich denn für ihn? Nur ein netter Zeitvertreib? Eine, die alles mitmacht was er will und wann er will?"

4.

Jetzt vernehme ich nur noch Joans Schluchzen und mich durchfährt eine eisige Kälte, wenn ich mir vorstelle, durch was für eine Hölle Joan gegangen ist und noch immer geht. Ich nehme sie wieder in die Arme, lasse sie an meiner Brust weinen, streichle über ihr krauses Haar und wage es nicht zu sprechen. So eng umschlungen sitzen wir eine gefühlte Ewigkeit da, in der ich nicht genau weiß, wie ich mich verhalten soll. Ich denke an Fiona. Was für ein Glück ich doch mit ihrer bedingungslosen Liebe hatte. Im Internet habe ich vor kurzem einen Spruch gelesen: *Kein Mensch ist deine Träne wert! Und der einzige, der sie wert ist, wird alles dafür tun, dass du niemals weinen musst!* Ich finde, an ihm ist sehr viel Wahres dran. Nur hilft das Joan jetzt auch nicht weiter.

Irgendwann sind alle Tränen geweint und Joan schaut mich mit rotunterlaufenden Augen an. In ihren Augen ist so viel Traurigkeit und ich kann nur erahnen, wie oft sie sich wohl schon in den Schlaf geweint hat.

Joan legt wieder den Kopf an meine Brust. Mein Shirt unter ihrem Gesicht ist völlig durchnässt von ihren Tränen, aber das stört mich in diesem Moment nicht. So sitzen wir noch eine Weile da und ich merke, dass Joan vor Erschöpfung eingeschlafen ist.

Vorsichtig richte ich mich auf, hebe Joan behutsam ein Stück an, damit ich aufstehen kann und lege sie dann wieder sanft aufs Sofa zurück. Ich schaue mich im Raum um und entdecke eine lilabraune Decke über der Sessellehne. Die Decke ist herrlich weich, so richtig zum Kuscheln. Ich breite sie aus, und decke dann Joan mit der Decke zu. Einen Moment lang betrachte ich noch diese schlafende Schönheit, die schon so viel durchgemacht hat mit ihren dreiundzwanzig Jahren. Dann nehme ich die Weingläser, den Korkenzieher und die noch fast volle Weinflasche und trage alles in die Küche. Die Gläser stelle ich in die Spüle, den Wein in den Kühlschrank und den Korkenzieher platziere ich auf der Arbeitsfläche so, dass keiner von den Kindern am nächsten Morgen an ihn herankommen kann.

Als ich mich umdrehe, um die Küche wieder zu verlassen, sehe ich einen kleinen Notizblock auf der Küchenablage liegen. Nach kurzem Zögern ergreife ich den Block und sehe mich nach einem Stift um. Als ich auch den gefunden habe, verfasse ich eine kurze Nachricht für Joan:

Liebe Joan!

Ich danke dir für die nette Einladung, das leckere Essen und den schönen Abend. Müssen wir bald mal wiedermachen.
Drück dich lieb

Anthony

Nachdem ich mir mein Geschriebenes noch einmal durchgelesen habe, nehme ich den Zettel und kehre zu der schlafenden Joan ins Wohnzimmer zurück.

Leise lege ich den Zettel auf den Couchtisch, ziehe noch einmal die Decke über Joan zurecht, hauche ihr einen zarten Kuss auf die Stirn und schleiche mich dann in Richtung Flur. Bevor ich mich anziehe und die Wohnung verlasse, schaue ich noch einmal nach den Jungs. Beide schlafen tief und fest und ich lausche dem zarten, leisen Atmen der zwei. Dann gehe ich auf Zehenspitzen aus dem Kinderzimmer, schließe langsam und leise die Tür hinter mir, atme noch einmal tief durch und mache mich dann auf den Heimweg.

5.

Am Sonntagmorgen erwache ich ziemlich verwirrt aus einem sehr lebendig wirkenden Traum. Ich setze mich auf und versuche meine Gedanken zu ordnen. Was eben noch so greifbar wirkte, verblasst immer mehr und übrig bleiben nur noch Traumfetzen, die um mich herumtanzen: Fiona; meine Eltern; irgendwelche Menschen, die ich glaube ich noch nie gesehen habe, Autos, Häuser, eine Frau – alles beginnt sich zu drehen. Eine Weile versuche ich den ganzen Wirrwarr noch zu ordnen, gebe dann aber bald auf.

Ich schnappe mir mein Telefon und wähle Joans Nummer. Ich würde jetzt wirklich gern wissen, wie es ihr geht und ob sie gut geschlafen hat. Es klingelt und klingelt und klingelt, dann springt der Anrufbeantworter an, der mir mitteilt, dass momentan niemand zu Hause ist und man nach dem Ton eine Nachricht hinterlassen soll. Dann folgt ein greller Piep-Ton. Aber ich lege, ohne eine Nachricht zu sprechen, wieder auf.

Ich überlege, was ich als nächstes tun soll und schaue mich in meinem Schlafzimmer um, welches mir gleichzeitig als Arbeitszimmer dient. Über meinem Bett häng ein Bild von Hundertwasser. Fiona hatte es mir zu meinem dreißigsten Geburtstag geschenkt. Ich mag diese Art von Kunst, denn je nach Selbstbefinden kann man immer wieder den Sinn und die Botschaft neu entdecken.

Neben meinem Bett steht die Kommode meiner Urgroßmutter. Ein wunderschönes altes Stück. In ihr bewahre ich alles auf, was einst Fiona gehörte und wovon ich mich unmöglich trennen kann. Wie zum Beispiel ihren Lieblingspulli und ihren Ehering. Meinen Ring trage ich noch immer an meinem rechten Ringfinger. Oben auf der Kommode stehen unser Hochzeitsfoto und ein Foto, auf dem mir Fiona einen Handkuss zuwirft. Wie hübsch sie doch war. Ich verweile einen Augenblick auf ihrer Schönheit und schaue mich dann weiter im Zimmer um.

An der Wand, gegenüber von mir, steht mein deckenhoher Kleiderschrank aus Kiefernholz. Rechts daneben befindet sich mein Schreibtisch mit dem PC und bergeweise ungeordnete Papiere oben drauf. Um solche Sachen hatte sich immer Fiona gekümmert. Ich mache das eigentlich nur, wenn es gar keinen anderen Ausweg mehr gibt. Da bald die Steuererklärung wieder fällig wird, wird mir wohl demnächst nichts anderes übrigbleiben, als mich diesem Leiden anzunehmen. Aber nicht heute!

Rechts über meinem Schreibtisch ist ein gardinenloses Fenster, an dem die Jalousie nur halb zugezogen ist, sodass sich ein paar zarte Sonnenstrahlen in mein Zimmer verirren können. Daneben ist ein Regal mit Ordnern, Papieren und Dokumenten. An der letzten Wand, gleich neben der Tür, steht ein Regal voller Bücher. Alles ist da, wo es schon seit meinem Einzug steht und doch fühle ich mich heute so fremd hier.

Ich wähle noch einmal Joans Nummer, aber es ist wieder nur der Anrufbeantworter, den ich erreiche. Wie zuvor hinterlasse ich keine Nachricht, sondern lege auf. Dann stehe ich auf, ziehe mir meine Hose und T-Shirt vom Vortag an und schlürfe in die Küche. Dort mache ich mir einen Kaffee und setze mich an den Küchentisch.

In der ganzen Küche verströmt sich der herrliche Duft von frischgebrühtem Kaffee. Vorsichtig führe ich die heiße

Tasse Kaffee an meine Lippen, blase in die schwarze Flüssigkeit, auf der sich eine kleine hellbraune Schaumkrone gebildet hat und trinke dann ganz genüsslich den ersten Schluck Kaffee an diesem Morgen. Für mich ist das immer ein richtiges Highlight, den ersten Kaffee am Morgen ohne Stress und Hektik genießen zu können.

Nach dem Frühstück genehmige ich mir erstmal eine lange, heiße Dusche. Während ich mich im Schlafzimmer ankleide, überlege ich, was ich mit dem heutigen Tag anfangen soll. Vielleicht sollte ich mal wieder einen Anstandsbesuch bei meinem Vater machen. Meine Mutter verstarb vor über fünfzehn Jahren, seitdem hat er sich sehr verändert. Ich gebe zu, es war eine sehr harte Zeit nach ihrem Tod und durch den Verlust, den ich durch Fionas Tod erfahren musste, kann ich ihn nun viel besser verstehen. Trotzdem weiß ich nie so recht, was ich mit ihm bereden soll. Immer kuschen, das ist nicht mehr meine Art. In gewisser Weise bin ich härter und kälter geworden, denn auch ich als Mann habe gelernt, je weniger Gefühle man zeigt und investiert, desto weniger wird man enttäuscht und verletzt. Aber ihm sagen, was ich denke, wäre auch kein kluger Schachzug, denn immerhin ist er mein Vater.

Manchmal würde ich ihm jedoch schon ganz gerne sagen, was er in meinen Augen alles falsch gemacht hat und noch immer tut. Würde ihm gerne sagen, wie schwer es auch für mich war, als Mama gestorben war; wie schwer es war, ihre Beerdigung zu organisieren, den Sarg und die Urne zu wählen und die Trauerrede zu schreiben; wie schwer es war, sich um die Versicherungen und sämtlichen anderen Krempel zu kümmern; wie schwer es war, sich trotz der ganzen Trauer und dem ganzen organisatorischen Kram darauf zu konzentrieren, dass man bald selber heiraten wird. Fiona hatte mich damals so fantastisch unterstützt. Sie war einfach für mich da. Bedingungslos! Dabei hatte sie es in der Zeit wirklich nicht leicht mit mir, denn oftmals war mir einfach alles über den Kopf gewachsen. Doch sie gab mir Kraft und so haben wir diese schwere Zeit gemeinsam überwunden und uns trotz des ganzen Leids und Kummers zwei Monate nach dem Tod meiner Mutter das Ja-Wort gegeben. Die ganze Zeremonie und Feier war überschattet von Trauer. Doch rückblickend kann ich schon sagen, dass die Heirat mit meiner geliebten Fiona einer der schönsten Tage in meinem Leben war.

Nachdem ich nochmal erfolglos bei Joan angerufen habe, wähle ich die Nummer meines Vaters. Ich erkundige mich, wie es ihm geht und lade mich quasi selbst um sechzehn Uhr zum Kaffee ein. An seiner Stimme merke ich, dass er sich wirklich zu freuen scheint.

Noch drei Stunden habe ich Zeit, bis ich los muss. Ich mache mir noch eine Tasse Kaffee und gehe ins Wohnzimmer. Dort setze ich mich auf meine schwarze Ledercouch und stelle die Tasse vor mich auf den kleinen Glastisch. Während ich so da sitze und überlege, was ich in der mir noch bleibenden Zeit tun könnte, betrachte ich die schwere, massive Schrankwand aus Buchenholz mir gegenüber. Auf Schnickschnack habe ich gänzlich verzichtet. Fiona mochte Krusch nicht und ich habe nichts gegen die Schlichtheit. So sind Bücher die einzige Zierde.

Gedankenverloren trinke ich von meinem Kaffee. Ich denke an meine Kindheit zurück, wie ich als Junge ohne Angst auf alle Bäume geklettert war, egal wie hoch sie auch waren. Denke an die Zeit, wo ich gar nicht wusste, dass es auch Sorgen und Leid gibt. Alles war damals so unproblematisch. Klar, manche Kinder waren gemein, aber jetzt in diesem Moment, wünsche ich mir diese zauberhafte, unbeschwerte Zeit zurück. Einfach noch einmal mit meinen Geschwistern in Nachbars Garten klettern und die schönsten Früchte holen oder Fußballspielen und sich beim Stürzen die Knie aufschrammen.

Ich wandere mit meinen Gedanken zu meiner Schulzeit. Viel weiß ich nicht mehr, doch einiges ist noch so kristallklar in meinen Gedanken, als wäre es erst gestern passiert. Klar, gab es auch schon in meiner Kindheit traurige Momente. Wie zum Beispiel, als in der vierten Klasse ein Klassenkamerad und durchaus guter Freund an seinem angeborenen Herzfehler starb. Ich sehe mich immer noch, wie ich und meine Mitschüler damals in der Klasse saßen. Alles war ganz still ringsherum, als uns die Lehrerin die unerwartete Botschaft überbrachte. Vereinzelt schluchzte ein Mädchen, aber niemand wusste, was ihre Worte wirklich bedeuteten. Erst viel später hatte ich wirklich realisiert, dass ich nun nie wieder mit ihm spielen kann. An seiner Beisetzung nahm die ganze Klasse teil. Es wurde Musik gespielt und alles war so fremd und unwirklich. An eines der Lieder kann ich mich noch genau erinnern: *Kommt ein Vogel geflogen*. Und wenn ich irgendwo dieses Lied höre, kehren die Erinnerungen zurück und noch immer durchfährt mich ein Schauer.

Eine weitere Erinnerung an meine Schulzeit ist ein Mädchen in unserer Klasse. Ihr Name war Odina. Oh, wie sehr war ich in der fünften Klasse in sie verschossen gewesen. In meiner Erinnerung ist sie ein schlankes Mädchen mit kurzem schwarzem Haar. Meine Liebe hatte sie nie erwidert und als sie dann nach der sechsten Klasse mit ihrer Familie wegzog, brach sie mir mein Herz. Pille palle, wie ich jetzt weiß, aber als Kind fühlt man so was ja anders.

Meine Schulzeit verlief im Grunde genommen ganz unspektakulär. Viel lernen musste ich nie, um gute Noten zu erreichen. Also beschränkte ich meine Aufmerksamkeit, was die Schule betraf, wirklich nur auf das Nötigste.

Nach der Schule traf ich mich meistens mit Freunden. Als wir kleiner waren, machten wir die Spielplätze und Sportplätze unsicher. Später hingen wir halt nur noch ab und trafen auch manchmal ein paar Mädchen. Unsere Clique bestand aus den Zwillingen Steven und Mike, dann waren da noch Domenick, Darius und meine Wenigkeit. Wir trafen uns zum Tischtennis, Schwimmen und Fußball. Samstagabends zogen wir meist durch die Discotheken. Nur selten gab es uns einzeln. Eine absolut fantastische Zeit! Die erste Härteprüfung erlebte unsere Freundschaft, die mehr einer Brüderschaft glich, als wir uns in der achten Klasse alle fünf in ein Mädchen namens Myra verliebten. Jeder von uns wollte sie auf seine eigene Art und Weise beeindrucken. Zum Schluss bekam Steven sie. Ihre Beziehung hielt etwa zwei Wochen und das war der Moment, wo wir den stillen Pakt geschlossen hatten, uns nie wieder wegen einem Mädchen zu streiten und wir wollten Freunde bis in alle Ewigkeit bleiben.

Nach der zehnten Klasse jedoch trennten sich unsere Wege. Die Zwillinge fingen beide eine Lehre im Einzelhandel an, Domenick versuchte sich als KFZ-Mechaniker, Darius ging zum Bund und ich stürzte mich ins Abitur. Die einzigen, mit denen ich noch sporadischen Kontakt meist per E-Mail habe, sind Steven und Mike. Beide sind seit ein paar Jahren verheiratet und haben jeder zwei Kinder. Domenick ist einfach untergetaucht, keiner hat mehr von ihm gehört. Und Darius hat die falsche Frau kennengelernt.

Denn sie hatte alles dafür getan, einen Keil in unsere Freundschaft zu treiben und hatte leider auch Erfolg damit.

    Ein Klingeln lässt mich zusammenzucken. Etwas orientierungslos sitze ich da, bis ich realisiere, dass es mein Handy ist, was mich aus meinem Tagtraum reist. Ich stehe auf, schaue mich suchend um und erblicke es dann auf dem Küchentisch. Nachdem ich meine Sinne sortiert habe, klappe ich es auf, ohne auf die Nummer zu achten und lausche der Stimme. Ich erkenne sofort den Anrufer und freue mich wirklich sehr, die Stimme meines Bruders Kevin zu vernehmen. Kevins Frau Michelle ist zum vierten Mal schwanger und nachdem ich mich erkundigt habe, ob alles okay bei ihr, dem Baby und den anderen Kindern sei und meine Fragen alle mit ja beantwortet wurden, können wir in Smalltalk verfallen. Ich setze mich wieder aufs Sofa und wir reden über dies und jenes, aber natürlich hauptsächlich über Michelle und die Kinder. Eine kleine Flut von Eifersucht überfällt mich, die ich mir aber sofort selbst untersage. Als wir uns gerade verabschieden, sprudelt es aus Kevin nur so heraus. Seine Worte überschlagen sich förmlich und ich habe nicht die geringste Ahnung, was er mir sagen will. Dann plötzlich wird er wieder ganz ruhig und ich vernehme Kinderstimmen im Hintergrund. Da ich annehme, dass Kevin nicht mehr unbefangen reden kann, lade ich ihn für den morgigen Abend zu mir ein. Dankend nimmt er meine Einladung an. Dann verabschieden wir uns und legen auf.

    Scheinbar habe ich nicht nur in Erinnerungen geschwelgt, sondern muss wohl richtig eingeschlafen gewesen sein, denn mit Erschrecken stelle ich fest, dass es schon nach fünfzehn Uhr ist. Ich springe vom Sofa auf, eile schnell in die Küche und stelle meine Kaffeetasse, mit dem mittlerweile kalten Kaffee, in die Spüle. Dann schlüpfe ich in meine schwarzen Schuhe, ohne die Schnürsenkel zu öffnen und nehme meine Jacke von der Garderobe. Bevor ich die Wohnungstür öffne, ergreife ich meine Schlüssel vom Haken und ziehe meine Jacke über, während ich meine Wohnung verlasse. Ich schließe die Tür ab und haste dann die Treppen hinunter. Unten angekommen, schaue ich rasch in den Briefkasten, entsorge die Werbeblätter und mache mich dann auf den Weg zu meinem Auto.

Auf der Fahrt zu meinem Vater halte ich noch schnell an einer Tankstelle an und kaufe eine Flasche Wein. Ich entscheide mich für einen *Blauer Portugieser*, denn den mag mein Vater recht gern. Dann setze ich meinen Weg fort.

Fast pünktlich erreiche ich das Haus, in dem ich aufgewachsen bin. Ich lenke meinen Wagen in die Einfahrt und stelle mich direkt vor den neuen, dunkelblauen Lexus von meinem Vater. Ich verlasse mein Auto und gehe den Weg zum Haus entlang. Fast alle Blumen sind zurückgeschnitten und alles wirkt etwas trostlos. An der Eingangstür angekommen putze ich meine Schuhe am Fußabtreter ab und drücke dann auf den Klingelknopf. Nach einer ganzen Weile höre ich ein Poltern hinter der Tür und kurz darauf steht mein Vater im Türrahmen. Mein Vater ist ein kleiner, doch schon sehr in die Tage gekommener Mann, mit silbergrauen Haaren. Wie immer trägt er eine dunkle Jackett-Hose. Ob sie dunkelblau oder schwarz ist, vermag ich nicht zu sagen. Drüber trägt er ein weißes Leinenhemd und einen grauen Pullunder. Schon so lange ich denken kann, habe ich meinen Vater stets stilvoll gekleidet gesehen. Wir begrüßen uns kurz und nachdem ich eingetreten bin, stelle ich meine Schuhe ins Schuhregal und hänge meine Jacke über einen Bügel an die Garderobe. Ich überreiche meinem

Vater die Flasche Wein und folge ihm durch den kleinen Flur ins Wohnzimmer.

Noch immer ist meine Mutter überall allgegenwärtig, denn das Haus und seine Einrichtung haben sich nicht im Geringsten verändert seit ihrem Ableben. Alles steht noch da, wo sie es einst hingestellt hatte. Wir setzen uns an den Küchentisch, der quasi das Wohnzimmer und die Küche voneinander trennt. Vor uns stehen schon zwei Kaffeetassen, eine Thermoskanne, ein Milchkännchen und eine Zuckerdose. Während wir unseren Kaffee trinken, unterhalten wir uns über meine Arbeit, mein Vater schwärmt mir von seinem neuen Auto vor, wir reden über Sport und diskutieren darüber, welche Partei es wohl bei der nächsten Wahl schaffen wird. Das Thema meine Mutter und Fiona umgehen wir dabei aber beide geschickt. So vergeht der Nachmittag wie im Flug. Gerade als ich beschließe, mich auf den Heimweg zu machen, schlägt mein Vater vor, eine Pizza in den Backofen zu schieben. Ich bin total erstaunt, denn bis zu dem heutigen Tag wusste ich nicht mal, dass mein Vater Pizza kennt, geschweige denn isst. Da ich sowieso nichts mehr vorhabe, nehme ich den Vorschlag gerne an.

Bei Pizza und einem kühlen Bier machen wir es uns vor dem Fernseher gemütlich und schauen die zigste Wiederholung vom *Tatort*. Früher haben wir das oft gemacht, oder uns Fußball zusammen angeschaut. Wortlos verbringen wir den restlichen Abend. Die Stille ist durchaus angenehm, sodass wir beide unsere pure Anwesenheit genießen können. Gegen dreiundzwanzig Uhr lenke ich mein Auto vom Hof und begebe mich zufrieden auf den Heimweg.

6.

Meine Stimmung und mein Befinden sind heute wie das Wetter: Absolutes grau. Ich schleppe mich lustlos durch den Arbeitstag und sehne mir den Feierabend herbei. Der Gedanke, dass Kevin mich heute besucht, ist der Einzige, der mir wenigstens etwas Hochgefühl vermittelt. Nach der Arbeit halte ich beim Supermarkt, um für das Abendessen einzukaufen. Es soll was ganz einfaches geben. Deshalb entscheide ich mich für fertige Lasagne, die man nur in den Ofen schieben muss. Kevin klingelt gerade, als die vorgegebene Garzeit vorbei ist. Ich öffne ihm die Tür und wir begrüßen uns per Handschlag.

Bei Kevins Anblick stockt mir der Atem. Kevin scheint um Jahre gealtert zu sein, seit wir uns das letzte Mal gesehen haben. Sein Haar ist grauer geworden und er scheint einiges abgenommen zu haben. Kevin folgt mir in die Küche und schaut mir schweigend dabei zu, wie ich den Tisch decke und das Essen auf unsere Teller verteile. Nickend nimmt er das kühle Bier entgegen, das ich ihm anbiete. Dann nehme ich auf dem Stuhl ihm gegenüber Platz. Schweigend kauern wir in der Küche und stochern in unseren Essen herum. Irgendwie ist auch mir der Appetit vergangen.

Später sitzen wir im Wohnzimmer. Um das Schweigen zu durchbrechen, erkundige ich mich nach Michelle und den Kindern. Kevin berichtet von den Zeugnissen, die Maurice und Veronique bekommen haben, die spitzenmäßig ausgefallen sind und davon, dass die kleine Kimberly seit ein paar Wochen in einen neuen Kindergarten geht und sich echt toll macht. Ich höre den Stolz in seiner Stimme, als er von seinen Kindern redet und auch als er davon erzählt, dass Michelle und er einen kleinen Joel erwarten. Ich erfahre viel von Kevins neuem Job und er über meinen. So langsam entspannt sich die ganze Atmosphäre zwischen uns und ich berichte Kevin vom Pizzaessen mit unserem Vater, was ihn dazu bringt, mit leuchtenden Augen in Erinnerungen zu verfallen. Er schwärmt regelrecht davon, wie toll es war, als seine Kinder die ersten Schritte gelaufen sind, erst wacklig und dann von Tag zu Tag sicherer; wie er gefühlte drei Meter groß wurde, als sie das erste Mal Papa zu ihm sagten; ihre Geburt mitzuerleben.

Dann wird Kevin plötzlich mit einem Mal ganz still.

Schon an seinem Gesichtsausdruck erahne ich, dass ich mich nun auf alles gefasst machen muss. Ungeduldig trommle ich mit den Fingern auf meine Knie. Die Zeit, bis er weiterredet, kommt mir vor wie eine Ewigkeit. Sein Tonfall ist jetzt deutlich ein anderer, seine Worte sind leise und monoton.

„Ich habe vor circa einem halben Jahr jemanden kennengelernt. Auch eine Michelle."

Entsetzt schaue ich meinen Bruder an und traue kaum meinen Ohren, was ich da höre. Ich habe mit allem gerechnet, aber nie und nimmer mit so einer Offenbarung.

Kevin räuspert sich.

„Wir treffen uns, wann immer es möglich ist."

Sein Blick verändert sich und da wo eben noch leuchtendes Schwärmen war, sieht man nur noch Furcht und Schmerz. Er stützt seine Ellenbogen auf die Knie und legt seinen Kopf in die Handfläche. Mit zitternder Stimme beginnt er zu erzählen:

„Ich weiß doch auch nicht, wie das alles passieren konnte. Geplant war das so auf gar keinen Fall. Weißt du, Anthony, es ist alles so verwirrend für mich, so habe ich echt noch nie gefühlt. Auf der einen Seite sind da Michelle und die Kinder. Und auf der anderen dieses Gefühl, ja irgendwie von Freiheit."

Kevin schüttelt den Kopf, als wolle er so seine Gedanken wieder zurechtrücken.

„Natürlich weiß ich, was ich meiner Michelle damit antue. Wenn sie es wüsste, würde sie es mir nie verzeihen. Und was sollen die Kinder denken? Aber ich kann einfach nicht anders."

Mit Tränen in den Augen blickt mich Kevin an. Kameradschaftlich lege ich meinen Arm um seine Schulter und bitte ihn, ganz am Anfang mit seinen Erzählungen zu beginnen.

„Also, was soll ich sagen? Alles begann damit, dass ich ohne wirkliches Ziel, die Zeitung durchgeblättert habe. Und plötzlich sprang sie mir quasi ins Auge: IHRE Anzeige. Eigentlich total banal, denn sie schrieb, dass sie als studierte Betriebswirtin gerne bereit ist, bei der Steuererklärung und so zu helfen. Frage mich nicht warum, wahrscheinlich war es die Art der Formulierung ihrer Anzeige, aber ich bin immer wieder zurück zu ihren wenigen Zeilen, die mich völlig in ihren Bann gezogen haben und wie unter Magie rief ich bei ihr an. Ich weiß, das klingt alles völlig gaga, aber so war es nun mal. Während es klingelte, überlegte ich hin und her, was ich nun sagen könnte, weil wir ja schon einen Steuerberater seit Jahren haben. Ich kam mir plötzlich so doof vor und wollte schon auflegen, da nahm sie natürlich den Hörer ab. Oh Mann, ich muss ganz schön rumgedruckst haben. Ich wusste echt nicht, was ich sagen sollte. Und trotzdem kamen wir irgendwie ins Gespräch. Es war ein

Wunder, glaube mir. Irgendwie wie Zauberei. Alles war plötzlich so ungezwungen. Ich erzählte ihr von meinem Job und sogar von Michelle und den Kindern. Sie erzählte von sich, von ihrem Job und von ihrer Katze. Wir redeten und redeten und die Zeit verging im Nu, ohne dass ich es merkte."

Kevin strafft die Schultern, sodass ich meinen Arm wegnehme, greift nach der Flasche Bier und nimmt einen tiefen Schluck. Dann hält er mir die Flasche hin und ich verstehe wortlos, dass er ein neues möchte. Ich hole ihm eins und nachdem er erneut einen großen Schluck zu sich genommen hat, spricht er mit belegter Stimme und gesenktem Kopf weiter.

„Leider muss ich zugeben, dass ich nicht nur Positives über meine Familie erzählt habe. Ich beschwere mich ganz offen, wie nervend doch manchmal die Kids sind und wie seltsam Michelle geworden ist, seit sie mit unserem vierten Kind schwanger ist. Dass wir kaum noch Sex haben. Naja, über so was alles halt. Und so führte eins zum anderen und Michelle, die, mit der ich gerade telefonierte, meine ich, machte mir ein unmoralisches Angebot. Sie suche etwas Spaß und ich könne dann etwas relaxen, mal abschalten und Kraft tanken. Natürlich habe ich am Anfang abgewinkt und nein gesagt, aber da war so ein Reiz und solch krasse Sehnsucht und ehe ich mich versah, waren wir am nächsten Tag bei ihr verabredet."

Nervös rutscht Kevin auf dem Sofa hin und her, steht dann auf, geht ins Bad und als er wieder ins Wohnzimmer kommt, setzt er sich wieder hin.

„Oh Mann, Anthony, hast du überhaupt eine Ahnung, wie es mir den ganzen Tag ging?"

Fragend sieht er mich an, doch aus einem Reflex heraus, verneine ich mit einem Kopfschütteln.

„Ich war so fürchterlich nervös, wie noch nie in meinem Leben. Mit tausend Ausreden habe ich mich von zu Hause weggeschlichen. So wie ein liebestoller Teenager und bin zu ihr. Als sie mir die Tür öffnete, war ich voll platt. Sie sah so ganz anders aus, als in meiner Vorstellung, aber trotzdem eine sehr interessante Erscheinung. Zugegeben, Michelle erinnert mich irgendwie an Franka, du weißt sicher noch, die Kleine, mit der ich in meiner Schulzeit mal was hatte."

Ich unterbreche Kevin, indem ich mich räuspere, denn ich weiß ja, dass Franka eher ein düsteres Kapitel in Kevins Leben war und er die ganze Geschichte aber gerne schönredet.

„Ähm naja, wie auch immer. Ich setzte mich also neben Michelle auf die Couch und ehe ich mich versah, machte sie Dinge mit mir, die ich nie für möglich gehalten hätte. Oh Mann, das war echt der Oberhammer, so absolut geil. Wie volltrunken bin ich dann nachts nach Hause. Meine Michelle schlief zum Glück schon, ich hätte sonst nicht gewusst, was ich ihr hätte sagen sollen."

Wieder nimmt Kevin einen großen Schluck Bier.

„Ja, und das war eigentlich der Beginn des ganzen Schlamassels. Am Anfang, war es einfach reine Geilheit. Wir trafen uns, wann immer es ging und es war der fantastischste, animalischste Sex, den ich je erlebt hatte. Wir probierten so viel aus. Meine Michelle hätte all das nie mitgemacht. Mann, Anthony, diese Michelle ist wie eine Droge, verstehst du?"

Diese vielen Michelles verwirren mich.

„Hmm naja, also ich nenne die andere Michelle ja immer Elli. Weil naja, ist doch schon doof zu ihr Michelle zu sagen, wo doch meine Frau genauso heißt."

Das klingt logisch und ist auch besser, denn so kann ich seinen Gedanken wirklich besser folgen. Also nicke ich akzeptierend.

„Ach Mensch, was soll ich sagen? Ich verstehe das alles ja selber nicht. Ich weiß nicht, ob es Liebe ist oder Geilheit oder Abenteuerlust. Sie spukt halt irgendwie seit dem Tag unserer ersten Begegnung, wie ein Schatten immer zu durch meine Gedanken und meine Träume. Ich kann dir noch nicht einmal sagen, was mich an Elli so fasziniert, denn im Grunde genommen ist sie gar nicht mein Typ. Sie ist keine besondere Schönheit und doch total selbstverliebt. Und sie ist eigentlich für meinen Geschmack sowieso viel zu arrogant. Ihr ganzer Lebensstil deckt sich überhaupt gar nicht mit meinem. Und doch bin ich total in ihrem Bann gefangen. Ihr gehört mein erster und mein letzter Gedanke des Tages und selbst wenn ich schlafe, träume ich von ihr. Das ist natürlich total unfair meiner Michelle und den Kindern gegenüber, aber ich kann ja nichts dafür. Sie ist wie eine Droge für mich, von der ich einfach nicht mehr loskomme. An manchen Tagen erwische ich mich dabei, wie ich immer und immer wieder ihren Namen auf ein Blatt Papier schreibe. Wie so ein verliebter Teenager mit Herzchen und allem was dazu gehört. Oh Mann, so war ich doch sonst nie. An anderen Tagen maile ich ihr wegen jeder Kleinigkeit, oder schicke SMS und am liebsten würde ich sie ständig anrufen, nur um ihre Stimme zu hören."

Kevins Blick ist jetzt wieder ganz leer und er beginnt an seinen, ohnehin schon zu kurzen, Fingernägeln zu kauen. Ich unterdrücke den Impuls ihm einen Klaps auf die Finger zu geben, wie es unsere Mutter früher immer getan hatte, wenn sie uns beim Nägelkauen ertappte und höre einfach nur zu.

„Ich verstehe mich in dem Punkt ja echt selbst nicht, denn eigentlich bin ich doch ein sehr bodenständiger Typ. Das dachte ich bisher auf jeden Fall immer. Aber dann verstehe ich einfach nicht, warum ich ihr einfach alles glauben würde."

Fragend schaue ich meinen Bruder an, also beginnt er mit seiner Erklärung: „Naja, wie soll ich dir das erklären? Würde sie mir zum Beispiel sagen, Cola sei grün, dann wäre das halt so. Das ist völlig irrational, ich weiß, aber besser kann ich es dir einfach nicht erklären."

Ich habe echt nicht den blassesten Schimmer, was er mir da sagen will.

„Wie kommst du denn auf so etwas?"

Kevins Antwort überrascht mich sehr und ich überlege, wie wenig ich eigentlich meinen Bruder kenne.

„Na ganz einfach, alles was für mich so gar keinen Sinn ergibt, kann sie mir so einfach erklären. Und auch wenn ich weiß, dass sie lügt, glaube ich ihr. Ich glaube ihr einfach alles und das Schlimme ist, ich vertraue ihr blind. Oh mein Gott, ich darf gar nicht drüber nachdenken, was ich ihr schon alles von mir erzählt habe. Ich glaube, dass schlimmste was ich da tue, ist der ungeschützte Sex."

Mit diesen Worten verlässt er wieder das Zimmer und geht ins Bad. Mir gehen seine Worte durch den Kopf.

„Hast du denn gar eine Angst, diese Frau zu schwängern?", rufe ich ihm hinterher.

Stirnrunzelnd sehe ich meinen Bruder an, als er wieder im Zimmer erscheint und sich auf seinen Platz setzt.

„Darum muss ich mir zum Glück keine Sorgen machen, denn sie kann keine Kinder bekommen. Ich frage mich nur, ob das Liebe sein kann? Und immer komme ich zu dem Ergebnis, dass es nicht Liebe sein kann, denn Liebe sollte schön sein und nicht wehtun. Versteh doch, wenn wir zusammen sind, wir telefonieren oder ich einfach nur eine Mail oder SMS von ihr lese, ist alles so wundervoll, dann liebe ich das Leben und bin glücklich. Ich könnte dann immer die ganze Welt umarmen. Der tiefe Fall kommt allerdings immer dann, wenn ich sie nicht sehe, keine Nachricht von ihr kommt oder aber mir irgendwelche wilden Gerüchte zu Ohren kommen. Dann grüble ich, stelle alles in Frage und verstehe einfach die ganze Welt nicht mehr. Das sind die Tage, an denen ich den Schmerz kaum ertragen kann, ich nicht weiß, wie ich Michelle und den Kindern unter die Augen treten soll. An so einem Tag würde ich am liebsten jemanden verprügeln oder aber, ich bin so kraftlos, dass ich einfach nicht mehr weiterweiß. Dann würde ich am liebsten alles beenden."

Entsetzt schaue ich Kevin an. Nein, das ist wirklich nicht mein Bruder, den ich so viele Jahre schon kenne, der seine Familie und das Leben über alles liebt. Wo ist der Kevin, der mir Mut zugesprochen hat, in der schweren Zeit, als ich meine Fiona verloren habe?

„Ach, Anthony, ehrlich, ich wollte dieses Verhältnis schon so oft beenden, weil ich weiß, dass es besser wäre. Für mich, für Michelle, für die Kinder, aber am Meisten für meine Ehe. Aber ich kann einfach nicht. Sie ist mein Lebenselixier. Meine Luft zum Atmen. Ich kann nicht mehr ohne sie! Immer wieder zermartere ich mir das Hirn, was es sein könnte, dass ich mich so sadistisch quälen lasse. Meine einzige logische Schlussfolgerung, zu der ich komme, ist, dass ich ihr nicht nur hörig bin, sondern dass ich sie besitzen möchte, als Geliebte und als Freundin. Es ist wie eine Art Zwang. Ich möchte sie ganz für mich allein haben. Und vor allem, will ich sie unter gar keinen Umständen teilen. Ja, und genau da liegt das nächste Problem: Meine Nebenbuhler. Zwei von denen musste ich schon kennenlernen, aber ich befürchte, es gibt noch mehr."

Seufzend lehnt sich Kevin zurück und schaut mir ganz fest in die Augen.

„Verstehe ich dich da richtig? Du hast ungeschützten Sex mit dieser Elli, obwohl du weißt, dass sie noch mit anderen schläft?"

Kevins Nicken ist kaum zu sehen.

„Wie kannst du nur so unvernünftig sein? Ich meine, hier geht es ja nicht nur um dich, sondern auch um Michelles Gesundheit!"

Ich bin merklich sauer und schreie meinen Bruder regelrecht an. Doch Kevin zuckt nur mit den Schultern.

„Ich habe dir doch gesagt, ich glaube ihr alles. Natürlich sagt mir Elli, dass sie mit niemand anderen schläft. Ich weiß aber, dass sie mich belügt und trotzdem glaube ich ihr."

Kevin leert sein restliches Bier und verlangt noch eine Flasche. Ich gebe ihm deutlich zu verstehen, dass er nur eine neue bekommt, wenn er entweder sich ein Taxi nach Hause nimmt oder aber hier bei mir auf dem Sofa übernachtet. Da mir Kevin hoch und heilig verspricht, sich nachher ein Taxi zu nehmen, bringe ich ihm noch eine Flasche. Ich selbst gieße mir Cola in ein Glas. Bei dem Wirrwarr, was ich da höre, brauche ich einen klaren Kopf, um wenigstens etwas verstehen zu können.

„Und woher weißt du von deinen Nebenbuhlern? Kennst du sie etwa?"

Kevin lehnt sich zurück und reibt sich müde die Augen.

„Wie habe ich es wohl rausgefunden? Durch Zufall natürlich. Da gibt es den, der kennt einen anderen und irgendjemand kennt wieder einen, naja und so wurde mir von diversen Liebschaften berichtet. Naja und wie es kommen musste, habe ich auch den einen kennengelernt. Sein Name ist Martin, ein total gutmütiges Schaf und ohne überheblich klingen zu wollen, kann der mir beim besten Willen nie und nimmer das Wasser reichen. Er ist okay, das muss ich leider zugeben, aber er ist weder mit Schönheit noch mit Intelligenz gesegnet. Ich glaube sogar, dass er noch mehr leidet als ich, denn ich sehe Elli wenigstens mindestens einmal die Woche, kann dann in ihren Armen liegen und alles um mich herum vergessen. Aber er muss immer auf ihre Gnade hoffen, dass sie sich alle paar Wochen zu ihm begibt. Natürlich habe ich Elli nach Martin gefragt. Sie meinte, die beiden hatten mal was vor einem Jahr miteinander. So eine Art One-Night-Stand. Und seither verwechsle Martin halt Freundschaft mit Liebe. Ich weiß ja auch nicht, was genau ich davon halten soll. Martin sagt, dasselbe hat Elli angeblich über mich zu ihm gesagt."

Kopfschüttelnd sitzt Kevin jetzt neben mir. Ich erahne sein Leiden, was er gerade durchmacht, diesen Zwiespalt der Gefühle. Da ich selbst aber so was noch nie miterlebt habe, kann ich nur spekulieren, was in ihm vorgeht. Das Ganze erinnert mich irgendwie an die Geschichte von Joan mit ihrem Ole.

So sitzen wir mehrere Minuten stillschweigend nebeneinander, dann bricht Kevin erneut das Schweigen.

„Na wie auch immer. Mal ganz ehrlich, Martin sehe ich eigentlich gar nicht als Konkurrenz. Natürlich bin ich nicht sonderlich erfreut darüber, wenn Elli zu ihm fährt, aber ich sehe in ihm keine wirkliche Bedrohung. Daher nehme ich das mit einem tränenden Auge so hin, wie es ist. Die wirkliche Gefahr ist Ramon. Alleine der Name sagt doch schon alles."

Noch nie habe ich in Kevins Stimme so viel Hass und Verachtung vernommen. Mich durchfährt regelrecht ein kalter Schauer.

„Elli findet ihn interessant und das schlimme ist, sie hat sogar gemeint, dass es sie reizen würde, mal mit ihm zu schlafen. Kannst du dir vorstellen, dass mir ein Tritt in meinen Unterleib lieber gewesen wäre, als dass sie mir so was ins Gesicht sagt?"

Eine Träne des Schmerzes und der Verzweiflung rollt über Kevins Wange.

„Tja und was soll ich sagen? Jetzt ist sie seit drei Tagen bei ihm. Er wohnt etwas weiter weg und da sie Urlaub hat, ist sie ihn besuchen. Dieser Gedanke bringt mich um den Verstand. Ich will, dass sie ihn nicht mag und wenn das nicht geht, will ich wenigstens, dass sie zurückkommt und vor allem, dass sie mich wiedersehen will. Ich habe so eine scheiß Angst, sie zu verlieren. Wie soll ich das denn sonst überleben?"

Mit diesen Worten bricht Kevin völlig zusammen. Ich kann mich nicht daran erinnern, ihn je weinen gesehen zu haben, außer als Kind und selbst da habe ich stets zu meinem großen Bruder aufgeschaut, wie mutig und tapfer er doch immer war. Ich glaube, nicht mal am Grab unserer Mutter hatte er geweint, obwohl auch er sehr unter ihrem Tod gelitten hatte.

7.

Gnadenlos klingelt um sechs Uhr mein Wecker. Leise gehe ich ins Wohnzimmer. Kevin war gestern völlig erschöpft auf dem Sofa eingeschlafen. Das viele Bier hatte ihm den Rest gegeben. Michelle hatte ich noch schnell eine SMS geschrieben, damit sie sich keine Sorgen machen muss, dann bin ich ins Bett. Lange konnte ich nicht einschlafen, weil ich immer zu daran denken musste, was Kevin mir da gerade anvertraut hatte.

Ich kann den ganzen Gehalt seiner Worte noch immer nicht verstehen. So leise wie nur möglich mache ich mir einen Kaffee. Nach Frühstück ist mir nicht, also nehme ich meine Tasse mit ins Schlafzimmer und stelle sie auf die Kommode neben Fionas Bild. Ich gehe ins Bad, dusche mich und komme nur mit einem Handtuch um die Hüften wieder ins Schlafzimmer. Erst jetzt trinke ich den ersten Schluck von meinem noch dampfenden Kaffee. Dann wähle ich Sachen für die Arbeit, kleide mich an und trinke dann auf dem Bett sitzend meine Tasse leer. Ich gehe zum Schreibtisch und kritzle schnell eine Nachricht für Kevin auf ein Blatt Papier. Mit dieser gehe ich ins Wohnzimmer und lege sie auf den Couchtisch neben meinen schlafenden Bruder.

Zum ersten Mal sehe ich wirklich den Vorteil darin, dass mein Bruder sich vor ein paar Jahren als Fliesenleger selbstständig gemacht hat. So sollte es kein Problem sein, wenn er erstmal seinen Rausch ausschläft und dann in seine Firma fährt. Sicher wird Kevin heute auch Termine haben, aber als Chef hat er ja schließlich seine Angestellten, die auch mal ein paar Stunden ohne ihn klarkommen werden.

Ich schleiche mich wie ein Dieb aus meiner Wohnung und fahre ins Büro. Von dort aus rufe ich bei Michelle an und erkläre ihr, dass wir einfach die Zeit gestern vergessen hatten und bitte sie nicht sauer auf Kevin zu sein. Sie verspricht es mir, unter der Bedingung, mit ihr, Kevin und den Kindern am Wochenende etwas zu unternehmen. Lachend sage ich zu und verspreche, mir als guter Onkel was Tolles einfallen zu lassen.

Nachdem ich aufgelegt habe, beginne ich mit meiner Arbeit. Heute habe ich mir als Ziel gesetzt, die Homepage eines Großkunden neu zu modellieren, was mir auch erstaunlich gut gelingt. Kurz vor meiner Mittagspause rufe ich bei mir zu Hause an. Aber entweder ist Kevin schon weg oder er schläft noch. Wie auch immer, er geht nicht ans Telefon.

So langsam bekomm ich dann doch Hunger. Daher gehe ich in meiner Pause zu dem italienischen Restaurant zwei Straßen weiter und esse dort meine Lieblingspizza Calzone.

Auch der Nachmittag verläuft ohne Probleme und ich schaffe sogar arbeitstechnisch mehr, als ich mir für heute vorgenommen habe. Mit einem gewissen Stolz fahre ich nach Hause und finde zu meiner Enttäuschung meine Wohnung leer vor. Von Kevin ist keine Spur, nur ein Brief liegt jetzt anstelle meines kleinen Zettels von heute Morgen da.

Hey Brüderchen!

Dass du dich heute Morgen tatsächlich zur Arbeit gequält hast – Respekt!
Ich werde jetzt aber auch mal meinen Pflichten nachgehen.

Ähm, Anthony was ich noch sagen wollte: <u>Bitte denk nicht falsch von mir</u>!

Ich meine, das Ganze hat ja nichts wirklich mit Michelle zu tun oder mit meiner Liebe zu ihr. Es passiert ganz einfach.

~~Ich bitte dich~~ NEIN! Es ist Ehrensache, dass alles unter uns bleibt. Ich weiß ja, ich kann mich auf dich verlassen, Bruderherz!

Würd sagen, wir telefonieren die Tage.

Kevin

Das ist typisch Kevin.

Ich gehe ins Schlafzimmer und ziehe meine Sportsachen an. Das, was ich jetzt am meisten gebrauchen kann, ist Bewegung. Und was bietet sich da besser an, als Joggen zu gehen? Ich binde meine Laufschuhe. Dann hole ich meinen mp^3-Player aus der Schrankwand im Wohnzimmer und stecke die Kopfhörer in meine Ohren. Als ich Play drücke, erklingt von *Depeche Mode *Condemnation**. Mit diesem Lied starte ich meine Tour und laufe los in Richtung Park. In dieser kalten Jahreszeit habe ich den Park fast für mich alleine. Die Bäume sind mittlerweile völlig vom Laub entkleidet und stehen als stumme Gerippe am Wegrand. In meinen Lungen brennt die kalte Luft und schlagartig wird mir bewusst, wie sehr ich doch außer Form bin. Früher als

Jugendlicher bin ich jeden Morgen vor der Schule fünf Kilometer gelaufen und während des Abiturs sogar abends meist nochmal, um einen Ausgleich vom stillsitzen und lernen zu bekommen. Oftmals hatte ich mir Lernstoff auf meinen Walkman gesprochen und während des Laufens gehört. Früher war ich echt fit gewesen. Mit siebzehn hatte ich bei dem Weißensee-Lauf in Kärnten Erfolg auf ganzer Linie. Ich hatte mich ein Jahr lang auf diesen Lauf vorbereitet und täglich mehrere Stunden trainiert. An jenem Tag war bestes Wetter und ich war einfach topfit und voller Tatendrang. Ich war fest entschlossen, mehr als hundert Prozent Einsatz zu bringen und hatte es nicht nur geschafft, meine persönliche Bestzeit zu toppen, sondern war auch als Sieger meiner Altersklasse hervorgegangen und war damit gesamt fünfter geworden. Nach dem Rennen gab es eine kleine Siegerehrung und es wurde eine Art Fest veranstaltet. Abends gab es ein Lagerfeuer und da hatte ich sie das erste Mal gesehen: Meine Fiona. Wie schön sie aussah in dem flackernden Licht des Feuers. Sie stand da in einer Gruppe von circa zwanzig Personen, aber ich hatte nur Augen für sie. Ich suchte ihren Blick und als sie mich endlich wahrnahm, schenkte sie mir das schönste Lächeln, das ich je gesehen hatte. Mit wildem Herzrasen nahm ich all meinen Mut zusammen und ging zu ihr rüber. Wer wen zuerst ansprach, daran kann ich mich nicht mehr genau erinnern. Ich weiß noch, sie gratulierte mir zu meinem erfolgreichen Lauf und wir kamen ins Gespräch. Wir setzen uns ans Lagerfeuer und redeten die ganze Nacht und als die Sonne begann am Horizont aufzugehen, nahm ich all meinen Mut zusammen und küsste Fiona. Erst ganz zart und dann mit einer Leidenschaft, die ich nie für möglich gehalten hatte. Wie weich sich ihre Lippen anfühlten und ich meine jetzt noch, den süßen Geschmack von ihr wahrnehmen zu können.

Total in meine Gedanken vertieft laufe ich durch den Park und komme völlig außer Atem wieder vor meinem Haus an. Ich steige die Stufen zu meiner Wohnung empor und mache dabei meine Dehnübungen. Mein Sportlehrer in der Grundschule sagte immer: „*Wer sich nicht dehnt, riskiert einen Muskelriss!*" Einfache klare Worte, die mir als kleiner Junge so viel Angst eingeflößt haben, dass sich das ganze wie eine Art Leitspruch in meinem Hirn eingebrannt hat.

In meiner Wohnung angekommen, schmeiße ich meine total verschwitzten Sportsachen in den Wäschekorb. Nach dem Duschen mache ich mir ein Schinken-Käse-Sandwich und setze mich damit vor den Fernseher. Während ich genüsslich mein Brot verspeise, zappe ich mich durch die Kanäle. Mir schmerzen sämtliche Muskeln, daher beschließe ich, heute mal etwas früher schlafen zu gehen. Mit einem Buch unterm Arm gehe ich ins Schlafzimmer und schlafe schon nach zwei Seiten tief und fest ein.

8.

$\mathcal{N}$och bevor mein Wecker klingelt, wache ich auf. Da es noch sehr zeitig ist, beschließe ich den Morgen mit einer Joggingtour durch den Park zu beginnen. Wieder zurück stelle ich mich erstmal singend unter die Dusche. Heute wird ein toller Tag, das spüre ich. Gestern hatte ich noch mit Michelle telefoniert und den Tagesablauf für heute mit ihr besprochen. Nachdem ich mich angezogen habe, begebe ich mich voller Vorfreude auf den Weg zu meinem Bruder und seiner Familie. Unterwegs halte ich an und besorge Brötchen fürs Frühstück. Auf den Straßen ist so gut wie nichts los, daher komme ich früher als erwartet bei meiner Zieladresse an.

Ich parke mein Auto vor der Garage des Reihenhauses. Im Haus ist noch alles dunkel, daher klopfe ich leise an die Tür. Nach kurzer Zeit wird die Tür aufgerissen und die kleine Kimberly wirft sich mir um den Hals. Ich hebe sie hoch und lasse die überschwänglichen Küsse meiner vierjährigen Nichte über mich ergehen. Schon bald hat sie genug und führt mich ins Wohnzimmer. Im Fernsehen läuft ein Cartoon. Kimberly springt aufs Sofa und deutet mir, dass ich mich neben sie setzen soll.

„Wo sind die anderen?"

„Die schlafen alle noch."

Nickend setze ich mich neben Kimberly auf die Couch und wir schauen den Trickfilm zusammen.

Gegen halb zehn hören wir das erste Poltern im Obergeschoss und kurz darauf das Trippeln von Füßen. Maurice und Veronique kommen verschlafen die Treppen herunter.

Als sie mich sehen, jauchzen sie vor Freude. Wie groß die beiden geworden sind, erstaunt mich immer wieder. Mir kommt es vor, als wäre es erst gestern gewesen, dass ich sie völlig zerknautscht und so winzig nach ihrer Geburt gesehen hatte. Wenn Maurice so weiterwächst, hat er mich bald ein. Jetzt ist er fünfzehn und hat fast meine ein Meter achtundachtzig erreicht. Veronique zum Glück noch nicht, aber sie ist ja auch erst zehn.

Da es doch schon recht spät ist, bitte ich die Kinder, mit mir das Frühstück vorzubereiten. Als wir fast fertig sind, vernehmen wir einen Schrei und eine völlig panische Michelle kommt die Treppen hinuntergeeilt. Abrupt bleibt sie stehen, als sie mich sieht.

„Es tut mir so leid! Ich habe verschlafen. Warum habt ihr mich denn nicht geweckt? Wartest du schon lange, Anthony?"

Ich beruhige sie und versichere ihr, dass ich bestens unterhalten wurde und deute dann auf den gedeckten Tisch. Kimberly stürmt die Treppen hinauf und weckt lauthals ihren Vater. Währenddessen setzen wir uns schon mal an den Tisch und beginnen zu essen.

Kevin sieht heute wirklich furchtbar aus, viel Schlaf hat er sicher nicht bekommen in der letzten Nacht. Ich frage aber nicht nach und auch sonst verläuft das Frühstück eher ruhig. Nachdem alle gesättigt sind, machen wir uns startklar, räumen alles Nötige in den Familien-Van von Kevin und fahren los. Mit Michelle hatte ich ausgemacht, dass wir Kevin und Maurice zuerst am Hochseilgarten absetzen, wo die beiden eine Vater-Sohn-Klettertour machen wollen und dann Michelle und ich mit Veronique und Kimberly weiter zum Indoor-Spielplatz fahren. Ich bin ja nur zu froh, dass ich nicht mit klettern muss und beneide Kevin in dem Punkt kein bisschen.

Im Indoor-Park angekommen, flitzen die zwei Mädels sofort los. Michelle und ich setzen uns an einen der freien Tische und Michelle stellt den Inhalt ihres Korbes auf den Tisch. Ein Tupper mit mundgerechten Obst- und Gemüsestücken, Tassen und Gläser, Apfelsaft und Sprudel für die Kinder, eine Thermoskanne frischen Kaffee für mich und eine Kanne mit Früchtetee für sich selbst. Sie hat sogar selbstgebackene Kekse dabei. So sitzen wir also am Tisch und unterhalten uns über alles Mögliche, während die Mädchen spielen.

„Gibt es eigentlich mittlerweile jemand Neues in deinem Leben?"

Mit unschuldigen Augen schaut mich Michelle an. Mich nervt diese Frage allmählich, denn irgendwie fragt mich das meine Schwägerin immer, wenn wir alleine sind. Ich weiß, sie meint es nur gut, aber ich habe einfach nicht die geringste Lust, mich einer Grundsatzdiskussion zu unterziehen, wie lange man trauern oder allein sein sollte. Daher wechsle ich lieber schnell das Thema.

„Und, mit dem Baby ist alles klar?"

Mit einem Seufzen gibt Michelle zu verstehen, dass sie erstmal akzeptiert, dass ich nicht darüber reden möchte.

„Also, die letzte Ultraschalluntersuchung hat ganz deutlich gezeigt, dass wir einen kleinen Jungen bekommen. Kevin, die Kinder und ich konnten uns sogar auf einen Namen einigen. Joel soll der kleine Mann heißen."

Michelles Blick sieht sehr zufrieden aus.

„Steht das Babybett denn schon?"

„Nein, noch nicht. Der Kleine soll das Zimmer von Maurice bekommen. Und Maurice zieht auf den Dachboden, der natürlich vorher ausgebaut werden muss. Wenn es dann soweit ist und Maurice sich eingerichtet hat, streichen wir Joels Zimmer. Diesmal möchte ich es in aquablau haben, mit kleinen Fischen, Seepferdchen, Muscheln, Seesternen, Wasserpflanzen und so weiter an den Wänden. Oh, ich stelle mir das so hübsch vor, und wenn dann die Babymöbel aufgestellt sind, kann unser kleiner Mann kommen."

Michelle ist Feuer und Flamme beim Erzählen. Als gelernte Raumausstatterin hat sie natürlich das nötige Wissen und den genauen Blick für so was. Als sie damals mit Maurice schwanger war, hatte sie sein Zimmer in beige streichen lassen und die Wände wurden mit Rennautos, Motorrädern, Helikoptern und Flugzeugen verziert. Bei Veronique wurde alles in einem zartem Grün gestrichen und überall waren bunte Blumen an den Wänden, eine schöner als die andere, und mittendrin war ein wunderschöner Weidenbaum. Am allerschönsten finde ich allerdings Kimberlys Zimmer. Das ist knallgelb und überall sind die verschiedensten Disneyfiguren zu sehen. Jedes Kinderzimmer erzählt immer seine eigene Geschichte und wurde mit einer so liebevollen Hingabe eingerichtet, dass auch nie der geringste Zweifel gehegt werden konnte, dass bald ein Kind der Liebe in dieses Zimmer einziehen wird.

Selbstverständlich biete ich sogleich meine Hilfe an und Michelle versichert mir mit einem Lachen, sie sei sich sicher, dass ich nicht zu kurz kommen werde, was meine Aufgaben betrifft.

Ich nehme mir gerade noch einen Keks, als Michelle mich ohne Umschweife fragt, ob ich nicht wüsste, was denn mit Kevin los sei.

Verdattert schaue ich sie an.

„Ähm, was genau meinst du?"

„Na es ist doch ganz offensichtlich, dass irgendwas nicht stimmt. In letzter Zeit ist Kevin immer so komisch und wenn ich frage, was los ist, weicht er mir aus. Er ist launisch und an manchen Tagen habe ich das Gefühl, dass er nur körperlich anwesend ist, aber mit seinen Gedanken ist er ganz woanders. An diesen Tagen hat er keine Nerven für die Kinder und auch ich kann ihm nichts recht machen. Ich weiß einfach nicht, wie ich damit umgehen soll. Vielleicht hat er dir ja was erzählt, als er neulich bei dir war. Wahrscheinlich liegt es an mir, daran, dass ich fett und hässlich bin."

Mit diesen Worten fängt Michelle heftig an zu schluchzen.

Ich stehe auf, gehe um den Tisch herum und setze mich neben Michelle. Dann ziehe ich sie sanft in die Arme und lasse sie an meiner Brust weinen.

„Hey, du bist weder fett noch hässlich. Hörst du? So was darfst du dir nicht einreden."

Unter Tränen beichtet mir Michelle, dass sie schon des Öfteren in letzter Zeit überlegt hat, ob sie nicht einfach mit den Kindern gehen soll.

„Aber das kann ich doch den Kindern nicht antun. Oder? Sie brauchen doch ihren Vater. Und ich? Ich liebe Kevin doch. Ich möchte doch nur, dass alles so schön wird wie früher."

Ich streiche Michelle durchs Haar, es fühlt sich so herrlich weich an und ich nehme den Duft ihres Shampoos wahr. In diesem Moment kommen Veronique und Kimberly und bleiben erschrocken stehen, als sie ihre weinende Mutter sehen.

Michelle wischt sich schnell die Tränen aus dem Gesicht.

„Keine Sorge! Ich bin heute etwas tollpatschig und habe mir den kleinen Zeh gestoßen. Das tut echt furchtbar weh."

Diese Erklärung stimmt die Mädchen zufrieden.

„Wann kommst du denn, Onkel Anthony?"

Ich verspreche gleich nachzukommen, sobald ich meine Tasse Kaffee geleert habe. Schnell trinken sie ihre Becher aus und ziehen wieder lachend von dannen.

Ich setze mich wieder Michelle gegenüber und ergreife ihre Hand. So sitzen wir eine Weile da und sagen kein einziges Wort. Jeder von uns scheint seinen eigenen Gedanken nachzuhängen.

Nach einer Weile stehe ich auf, um zu den Mädchen zu gehen. Doch bevor ich gehe, blicke ich Michelle tief in die Augen.

„Ich bin mir sicher, dass Kevin dich liebt. Und ich bin mir auch sicher, dass sein ganzes Verhalten nichts mit dir oder mit den Kindern zu tun hat. Mach dir nicht so vielen Gedanken. Okay? Am Wichtigsten ist es jetzt erstmal, dass es dir und dem Baby gut geht. Der Rest regelt sich schon von alleine."

Mit diesen Worten, die ich tatsächlich ernst meine, drehe ich mich um und begebe mich auf die Suche nach Veronique und Kimberly.

Ich finde die beiden Mädchen hopsend auf einem riesigen Trampolin. Vergnügt schaue ich den beiden zu. Als sie mich sehen, kommen sie sofort angesprungen und ziehen mich dann mit sich zu einer riesigen Kletterhüpfburg aus Gummi. Wir tollen herum und ich muss zugeben, ich habe richtig Spaß dabei. Ich fühle mich regelrecht lebendig. Automatisch muss ich an Joans Kinder Max und Tim denken, die hier sicher auch jede Menge Spaß hätten. Vielleicht kann ich ja Joan mal dazu bringen, mit mir und den Jungs hierherzufahren. Aber dafür muss ich sie natürlich erstmal erreichen. Joan hat bisher auf keinen meiner Anrufe reagiert, daher habe ich beschlossen, mich erstmal eine Weile nicht bei ihr zu melden, denn ich will sie unter gar keinen Umständen nerven oder einengen.

Völlig nass geschwitzt kehren wir zum Tisch zurück und trinken erstmal was. Michelle scheint sich beruhigt zu haben. Sie schaut lächelnd von ihrem Buch auf. Kimberly ist die erste, die wieder fit ist und rennt sofort wieder zu den Bobby Cars. Ich setze mich hin und gieße mir eine Tasse Kaffee ein. Veronique setzt sich auch und erzählt etwas von der Schule, welche Musik jetzt voll in ist und dass die Jungs aus ihrer Klasse alle kleine Kinder sind. Sie plappert und plappert, dann springt sie auf und zerrt mich von meinem Stuhl hin zu einer gerade freigewordenen Tischtennisplatte. Sie besorgt zwei Schläger und einen Ball und dann spielen wir. Veronique ist richtig gut. Ich habe es zwar nicht verlernt, aber es ist wirklich schon Jahre her, als ich das letzte Mal eine Tischtenniskelle in der Hand hielt. Irgendwann gesellt sich auch Kimberly mit zu uns und so verbringen wir unsere Zeit, bis uns Michelle deutlich zu verstehen gibt, dass es nun wirklich Zeit zum Aufbrechen wird, da wir bald Kevin und Maurice abholen müssen.

Beim Hochseilgarten angekommen, kommen uns die beiden auch schon entgegen. Maurice sieht richtig glücklich aus.

„Das war echt so cool gewesen!"

Schwärmt er uns vor.

Auch Kevin sieht zufrieden aus und es protzt Stolz aus seiner Stimme, als er berichtet, wie er die Höhen und Hürden gemeistert hat.

Veronique und Kimberly erzählen, was sie alles erlebt haben und natürlich auch, dass ihre Mama geweint hat.

„Die Mama hat sich gestoßen, aber zum Glück war Onkel Anthony da, der sie gleich getröstet hat."

Berichtet Kimberly mit weitaufgerissenen Augen.

Ängstlich schaut mich Kevin an, doch ich schüttle kaum merklich den Kopf und wechsle dann geschickt das Thema.

„Also wohin gehen wir jetzt was essen? Ich bin am Verhungern."

„Naja, mir wäre ja nach Chinesisch. Mmmm, gebratene Nudeln mit Sojasprossen und Ente. Lecker!"

Da natürlich der Wunsch einer Schwangeren oberste Priorität hat, suchen wir das nächste Chinarestaurant auf.

Nachdem alle satt sind, machen wir uns auf den Rückweg. Auf der ganzen Fahrt plappern die Mädchen ununterbrochen auf Kevin ein, sodass sich ihre Stimmen förmlich überschlagen. Ich bin mir sicher, Kevin versteht kein Wort von dem, was gesagt wird, denn er scheint sehr weit entfernt mit seinen Gedanken zu sein. Maurice unterhält sich wesentlich leiser mit seiner Mutter. Da ich der Fahrer des Wagens bin, versuche ich mich voll und ganz auf den Straßenverkehr zu konzentrieren und blende quasi alles aus, was mich ablenken könnte. Nur ich und die Straße und so lenke ich den Wagen sicher ans Ziel.

Ich stelle den Wagen in der Garage ab und alle steigen aus. Michelle fragt mich, ob ich noch mit reinkommen mag, aber ich lehne dankend ab.

Plötzlich fängt Kimberly jämmerlich an zu weinen und klammert sich an mein Bein.

„Bitte, Onkel Anthony, geh noch nicht! Schau noch eine DVD mit uns. Bitte, bitte, bitte."

Hilfesuchend schau ich mich um.

Maurice zuckt nur mit den Schultern und lacht.

„Tja, Onkel Anthony, es sieht so aus, als ob du noch bleiben müsstest."

Also gebe ich mich geschlagen, unter der Bedingung, dass Kimberly sofort die Tränen wegwischt und wieder lacht. Was sie natürlich auch gleich macht. Ich nehme sie auf den Arm und sie drückt sich ganz fest an mich, dass mir fast die Luft wegbleibt und so trage ich die Kleine ins Haus. Drinnen ist jeder mit etwas anderem beschäftigt: Michelle packt die Sachen aus; Veronique macht Schüsseln mit Knabbereien fertig, als ob wir nicht eben erst essen waren; Maurice kniet vor der DVD-Sammlung und Kimberly rennt zu ihm hin und hilft beim Aussuchen. Nur von Kevin fehlt jede Spur. Ich gehe zu Michelle und biete ihr meine Hilfe an, die sie dankend ablehnt. Dann frage ich wo Kevin ist und sie weist mit dem Kopf nach oben.

„Möchtest du ein Bier?"

Dankend nehme ich es ihr aus der Hand und lächle sie aufmunternd an.

Gemeinsam betreten wir das Wohnzimmer, wo es sich schon die Mädchen mit jede Menge Knabberzeug und kalter Limo auf dem Sofa vor dem Fernseher gemütlich gemacht haben. Michelle setzt sich in den großen Ohrensessel mit einem Glas Mineralwasser in der Hand. Ich platziere mich zwischen Veronique und Kimberly, stelle mein Bier auf den Tisch und nehme mir eine Hand voll Erdnüsse. Maurice löscht das Licht, schaltet den DVD-Player ein und setzt sich dann neben Kimberly aufs Sofa. So schauen wir uns gebannt den Film an. Außer den Stimmen und Melodien aus dem Fernseher, ist es mucksmäuschenstill im Raum. Ab und an vernimmt man ein Lachen oder Kichern, bis irgendwann Kimberly schreit, sie müsse aufs Klo. Maurice stoppt den Film und erst da bemerken wir, dass auch Kevin sich zu uns gesellt hat. Michelle lächelt ihn zufrieden an und streichelt dabei über ihren üppigen Bauch.

Ich leere mein Bier und Kevin bietet mir sogleich ein neues an, welches ich aber ablehne, da ich ja noch heimfahren muss.

„Wenn du magst, du kannst auch hier übernachten."

Da ich auf Kevins Gesicht keinerlei Einspruch gegen Michelles Vorschlag erkenne, nehme ich das Bier und das Angebot gerne an.

Später, als der Film zu Ende ist und alle Kinder im Bett liegen, sitzen Michelle, Kevin und ich im Wohnzimmer und unterhalten uns über den durchaus gelungenen Tag. Gegen Mitternacht geht dann auch Michelle ins Bett und Kevin und ich sitzen jeder mit einer halbvollen Flasche Bier auf dem Sofa.

„Was war mit Michelle? Warum hat sie geweint?"

Durchbricht Kevin als erster unser Schweigen.

„Kannst du dir das nicht denken? Michelle ist doch nicht blöd und sie leidet sehr darunter, nicht zu wissen, was los ist. Sie gibt sich sogar selbst die Schuld für dein Verhalten."

„Und was hast du ihr gesagt?"

Diese Frage verwirrt mich sehr. Ist das wirklich seine einzige Sorge, ob ich etwas verraten habe? Ich betrachte mir Kevin eine ganze Weile. Seine Haut ist fahl und seine Augen wirken leer und glasig. Ich frage mich, wo mein Bruder mit der vielen Lebensenergie hin ist und ob er jemals wiederkommt.

„Also?"

Diese Frage und vor allem sein Tonfall lassen mich zusammenzucken.

„Was denkst du? Natürlich habe ich Michelle nichts erzählt!"

Mit diesen Worten stehe ich sichtlich sauer auf und mache mich auf den Weg ins Arbeitszimmer, was gleichzeitig als Gästezimmer dient, wo ein frisch bezogenes Bett auf mich wartet.

9.

Mit einem sanften Kuss und den geflüsterten Worten „Dornröschen erwache!", werde ich aus meinem Traum geholt. So gut wie diese Nacht, habe ich schon lange nicht mehr geschlafen. Als ich die Augen öffne, blicke ich in Kimberlys kleines Gesicht. Ihre Haare stehen vom Schlaf noch in alle Richtungen ab und ihre Augen glänzen. Ich ziehe mir die Decke über den Kopf und nuschle dabei „Aber Prinz, hundert Jahre sind doch noch gar nicht vorbei."

Kimberly kichert los und versucht zu mir unter die Decke zu krauchen. Das kann nur eins bedeuten: Kitzelschlacht. Ich kitzle meine kleine Nichte, die sofort beginnt, vor Freude zu schreien und jauchzen. Unser Getummel wirkt wie ein Lockruf und schon sind auch Maurice und Veronique mit von der Partie. Vor lauter Lachen bin ich bald so außer Atem, dass ich um Gnade winsle und die drei geben sich gütig und lassen von mir. Einmal starte ich noch einen Angriff, aber dann gebe ich endgültig auf. Ich rapple mich auf und gehe mit den Kindern zusammen aus dem Zimmer. Im Treppenhaus riecht es schon fantastisch nach Kaffee und als ich in die Küche komme, ist Michelle gerade dabei, Rührei für das Frühstück zu braten. Mit einem gutgelaunten „Guten Morgen" setzen wir uns an den Tisch, da es nichts mehr zu helfen gibt. Kimberly flitzt nochmal los und kurze Zeit später trägt Kevin seine kleine Tochter die Treppen hinunter.

Das Frühstück ist sehr lebendig, alle reden durcheinander und es wird viel gelacht. Alles ist so frei und ungezwungen und es ist deutlich zu erkennen, wie sehr Michelle die heitere Atmosphäre an diesem Morgen genießt.

Während des Essens werden Pläne für den heutigen Tag geschmiedet.

„Also ich möchte bei diesem herrlichen Wetter auf jeden Fall mit Kimberly in den Park. Das Wetter muss man ja ausnutzen. Nächste Woche soll es ja wieder schlechter werden."

Dann wendet sich Michelle an Veronique.

„Magst du auch mitkommen? Also ich würde mich wirklich sehr darüber freuen."

„Klar komm ich mit Mama. Ich muss zwar noch für die Nawi-Arbeit lernen, aber das kann ich auch neben dir auf der Bank machen. Ich möchte dich ja nicht allein lassen."

Fügt sie mit einem Zwinkern hinzu, was natürlich zu heftigen Protest von Kimberly führt, weil sie ja auch noch da sei.

Maurice und Kevin wollen am Dachboden weiter bauen und fragen mich, ob ich Zeit und Lust hätte, mich ihnen anzuschließen. In der Tat habe ich Lust, denn ich habe mein handwerkliches Geschick schon lange nicht mehr zum Besten gegeben.

Nachdem der Tisch und die Küche aufgeräumt sind, ziehen sich die Mädels an und machen sich auf den Weg in den Park. Kevin gibt mir alte Klamotten von sich, dann steigen wir die Stufen zum Dachboden hinauf.

Auf dem Weg nach oben legt er ganz kurz seine Hand auf meinen Arm, drückt ihn sanft und murmelt kaum hörbar: „Ähm, Anthony, danke! Ähm naja, du weißt schon wofür."

Dann zieht er seine Hand zurück und ich sehe so viel Kummer in seinen Gesichtszügen, dass ich ihm gar nicht mehr böse sein kann, sondern nur tiefes Mitleid empfinde.

Oben wartet schon Maurice auf uns, der voller Tatendrang einige Kisten und Werkzeuge in die Mitte des Raumes verfrachtet. Dann erklärt er mir, dass alle Kabel schon verlegt seien und sein Vater und er letztes Wochenende die Wände gedämmt und die Rigipsplatten gestellt haben. Heute wollen sie alles fertig verschrauben und dann, wenn noch Zeit ist, mit den Spachtelarbeiten beginnen. Ich greife nach dem Akkuschrauber, den mir Maurice reicht, nehme eine Schachtel mit Schrauben und mache mich gleich an die Arbeit. Maurice beginnt an der anderen Seite des Raums mit dem Verschrauben. Kevin schaltet das Radio ein. Nachdem er die erste Spachtelmasse angerührt hat, beginnt er die schon versenkten Schraubköpfe zu verspachteln.

Nach drei Stunden machen wir völlig verschwitzt die erste Pause und gönnen uns ein kühles Bier und Maurice sich eine eiskalte Cola. Dann geht es weiter.

Schweigend macht jeder seine Tätigkeit zum Rhythmus der Musik. So vertieft in unsere Arbeit zucken wir regelrecht zusammen, als Kimberly plötzlich im Türrahmen steht und ganz laut „Pizzaservice" schreit.

Lachend legen wir unser Werkzeug aus der Hand und stürzen uns hungrig auf die Pizzakartons. Ich bin mal wieder total überrascht von meiner Schwägerin, denn Michelle hat sich doch tatsächlich gemerkt, dass ich am allerliebsten meine Salamipizza mit Peperoni esse.

Ein Blick auf die Uhr zeigt, dass wir schon nach neunzehn Uhr haben. Wir können wirklich stolz darauf sein, was wir heute alles geschafft haben. Alle Schrauben sind versenkt und verspachtelt ist schon über die Hälfte. Bevor ich mich auf den Heimweg mache, verspreche ich, am kommenden Wochenende wieder zu helfen.

Zu Hause angekommen gehe ich erstmal ins Badezimmer, um mich von dem ganzen Staub und Schmutz zu befreien. Während ich unter dem heißen Wasserstrahl stehe, lasse ich das Wochenende noch einmal Revue passieren. Ich fand es toll, so viel steht fest. Dieses Familienleben, der ganze Trubel, das ist einfach herrlich. Mit einem Schlag fühle ich mich so unendlich einsam. Ich sehne mich nach Nähe und nach einer Art Daseinsberechtigung im Leben. Völlig leer und ausgepowert verlasse ich das Badezimmer. Erst da bemerke ich das aufgeregte Blinken meines Anrufbeantworters.

Die erste Nachricht ist von einem Kollegen, der mir mitteilt, dass er am Montag nicht zur Arbeit kommen kann, daher soll ich seine Termine übernehmen.

Der zweite und dritte Anrufer hat keine Nachricht hinterlassen.

Nachricht vier kommt von Michelle, die sich für meine Hilfe und das schöne Wochenende bedankt. Im Hintergrund schreit Kimberly, dass sie mich soooooooooo doll lieb hat. Ihre Worte zaubern ein Lächeln auf mein Gesicht. Das war genau das, was ich jetzt am meisten gebraucht habe, um mich nicht selbst in Mitleid zu suhlen.

Die Stimme von Nachricht fünf reißt mich aus meinen Gedanken. Es ist Joan, die sich entschuldigt, dass sie so lange keine Kraft hatte, sich zu melden. Sie sich aber freuen würde, wenn ich sie mal zurückrufen würde.

Da es erst einundzwanzig Uhr ist, wähle ich Joans Nummer, die ich mittlerweile auswendig kann. Nach dem dritten Klingeln vernehme ich Joans verschlafende Stimme.

Ich entschuldige mich vielmals, sie geweckt zu haben und verspreche mich morgen nochmal zu melden. Doch Joan wehrt ab und meint, jetzt sei sie doch sowieso schon wach.

Also erkundige ich mich, wie es ihr und den Jungs geht und wir unterhalten uns über dies und jenes. Kurz bevor wir uns verabschieden fragt sie, ob ich nicht Lust hätte, sie wieder am Samstag zu besuchen, die Jungs würden auch ständig nach mir fragen. Leider muss ich ihre Einladung ablehnen, da ich ja schon am Samstag bei Kevin helfe. Daher lade ich sie und die Jungs spontan zu mir am Freitagnachmittag ein.

Nach kurzem Zögern bekomme ich ein „Ja" von ihr.

Dann bereden wir noch die Einzelheiten und legen dann auf.

Was für ein Wochenende und ein lang nicht mehr gespürtes Kribbeln durchflutet meinen Bauch, als ich an das Telefonat mit Joan zurückdenke. Mit einem zufriedenen Lächeln schlafe ich an diesem Abend ein.

10.

Kommt es mir nur so vor oder vergeht die Zeit momentan irgendwie schneller? Es ist, als würde sich die Erde schneller drehen. Eben war noch Sonntagabend und schnipp, ehe ich mich versehe, ist schon Freitag.

Bevor ich an diesem Morgen ins Büro fahre, jogge ich eine kleine Runde durch den Park. Die kühle Luft zieht in meiner Lunge, aber ich fühle mich frei und lebendig. Wieder zuhause, gehe ich schnell duschen und fahre dann zur Arbeit. Da heute nicht so viel zu tun ist, mache ich eine Stunde früher Feierabend. Gestern habe ich schon alle Lebensmittel im Supermarkt eingekauft, sodass ich heute auf dem Heimweg nur noch an der Videothek anhalten muss, um eine kleine Auswahl an Kinderfilme zu besorgen.

Vor der Videothek riecht es ganz verführerisch nach Kuchen. Ich schaue mich um und entdecke eine kleine Bäckerei nur ein kleines Stück weiter runter an der Straßenecke. Ist die da schon immer? Wenn ja, ist sie mir noch nie aufgefallen. Wie hypnotisiert schwebe ich förmlich zur Bäckerei und mir läuft buchstäblich das Wasser im Mund zusammen, als ich all die Köstlichkeiten sehe.

Als ich nach Hause komme, halte ich eine Tüte mit vier DVDs und eine große Kuchenplatte in der einen Hand, mit der anderen schließe ich meine Wohnungstür auf.

Bevor Joan mit den Jungs kommt, räume ich schnell noch auf. Die Kuchenplatte stelle ich auf den Küchentisch. Punkt vier Uhr klingelt es Sturm an meiner Tür. Als ich öffne, springen mir zwei super gelaunte Jungs in die Arme. Ich bitte die drei herein, begrüße Joan mit einem Kuss und helfe ihr aus ihrem Mantel. Max hat einen Rucksack, vollgestopft mit Spielsachen, dabei. Tim übergibt mir ein kleines Geschenk und dann stürmen die Jungs sofort ins Wohnzimmer und breiten dort wie selbstverständlich ihr mitgebrachtes Spielzeug aus. Joan stellt noch die Schuhe, die kreuz und quer im Flur liegen, beiseite, hängt die Jacken der Jungs an den Haken und folgt mir dann in die Küche.

Ungefragt mache ich für uns beide einen großen Kaffee und enthülle das Geheimnis der Kuchenplatte. Neugierig, was sich hinter dem Rascheln der Verpackung verbirgt, kommen auch Max und Tim sofort angerannt. Sie sehen den Kuchen und suchen sich mit leuchtenden Augen ein Stück aus. Ich reiche ihnen Teller und für einen Moment ist wirklich Ruhe. Ich nutze die Zeit und packe das Geschenk aus. Als ich den Inhalt erkenne, bin ich wirklich erfreut: Ein gerahmtes Foto, auf dem Joan und die Jungs fröhlich in die Kamera grinsen. Ich bedanke mich vielmals und stelle das Bild auf das mittlere Küchenregal und meine, dass ich jetzt nie mehr beim Frühstücken allein sein werde. Zufrieden nicken die Jungs und nachdem sie aufgegessen haben, flitzen sie wieder zu ihren Spielsachen.

Über meine Kaffeetasse hinweg erkundige ich mich, wie es Joan geht. Ihr Blick ist traurig, aber stark.

„Was soll ich sagen, Anthony? Es muss ja. Ich versuche gerade mein Leben irgendwie wieder zu stabilisieren. Nicht mehr so viel an ihn zu denken. Das klappt meist auch ganz gut, weil ich ja auch immer viel zu tun habe. Arbeiten, die Jungs, Haushalt und so. Naja und seitdem die Tussi bei ihm eingezogen ist, höre ich eh kaum noch was von ihm. Aber es ist verdammt schwer."

Ich weiß nicht, was ich ihr antworten soll. Habe ich das richtig verstanden? Diese besagte Frau ist bei Joans Ole eingezogen? Dann ist es also aus zwischen den beiden? Ein Hoffnungsschimmer durchzuckt mich.

Joan spricht nicht weiter und ich traue mich nicht, das Ganze zu hinterfragen, denn ich befürchte, Joan dann wieder zum Weinen zu bringen. Also schweige ich vorerst und nehme mir noch ein Stück Kuchen.

Joan räuspert sich.

„Nun erzähl doch auch mal was von dir. Wir reden ja immer nur von mir. Also?"

Ich überlege kurz und dann erzähle ich ihr von meiner Arbeit, von meinem letzten Wochenende bei Kevin und seiner Familie und wie schön es war. Ich erzähle ihr, dass ich an sie und die Jungs oft gedacht habe und ich mich freuen würde, wenn wir auch mal so einen Ausflug in einen Indoor-Park machen würden.

„Gerne, das ist eine wirklich tolle Idee!"

Joans Augen leuchten und ihr Lachen klingt fröhlich und entspannt.

„Du bist wirklich ein bemerkenswerter Mann, Anthony. Ich verstehe echt nicht, wie Fiona dich verlassen konnte."

Mein verdutzter Blick lässt sie innehalten.

„Na, ich meine, ich glaube ja nicht, dass du sie verlassen hast. Dafür bist du ja einfach nicht der Typ. Da du aber eindeutig Single zu sein scheinst, muss sie dich ja verlassen haben. Oder etwa nicht?"

Ich setze mich gerade hin. Keine Ahnung warum, aber ich kann Joan einfach nicht mehr in die Augen blicken. Also fixiere ich mit meinem Blick den alten Weidenbaum, den man von meinem Küchenfenster aus sieht und erzähle mit fast tonloser, leiser Stimme von Fionas Tod vor knapp drei Jahren. Von der Zeit danach, von dem Verkauf des Hauses und wie ich seither versuche, mein Leben ohne sie zu meistern. Dabei gehe ich aber kaum ins Detail, denn das letzte was ich jetzt möchte ist, dass der Schmerz zu sehr an die Oberfläche kommt. Ich kann und will keine Schwäche zeigen.

Joan ist ganz blass geworden. Einzelne Tränen laufen über ihre Wangen und sie entschuldigt sich immer wieder für ihre Taktlosigkeit, aber sie hätte es ja nicht ahnen können. Je mehr ich versuche sie zu beruhigen, dass es schon okay sei und ich ihr das wirklich nicht verüble, desto mehr beginnt sie zu weinen und macht sich Selbstvorwürfe. Also gebe ich es auf und halte sie nur in den Armen, bis die letzte Träne verebbt ist. Ich streiche über ihr Haar und nehme ihren Geruch in mich auf. Es ist schön, diese Nähe zu fühlen, obwohl ein anderer Anlass schöner gewesen wäre.

Max kommt in die Küche gestürzt und bleibt abrupt im Türrahmen stehen, als er seine Mutter weinen sieht.

„Ist alles okay mit Mama?"

Ich nicke mit dem Kopf. Das reicht ihm als Antwort und er erkundigt sich, was sie als nächstes tun sollen.

Ehrlich, ich bin erschüttert, wie oft er scheinbar seine Mutter schon in diesem zusammengekauerten Zustand gesehen haben muss, sonst hätte er doch weiter gefragt und eine Erklärung gewollt. Oder machen das Jungs in dem Alter nicht? Doch, ich bin mir sicher, dass er es tun würde, wenn es kein so normaler Anblick für ihn wäre.

Ich frage flüsternd in Joans Ohr, ob ihre Jungs eine DVD schauen dürfen. Da sie mir meine Frage bejaht, stehe ich auf und präsentiere den Jungs die DVDs, die ich für sie besorgt habe. Beide entscheiden sich einstimmig für *Der König der Löwen*.

Nachdem der Film läuft, mache ich für Joan und mich noch eine Tasse Kaffee und räume den Kuchen vom Tisch, dann setze ich mich wieder Joan gegenüber. Eine Zeitlang herrscht Stille und ich überlege hin und her, was ich sagen könnte, um dieses erdrückende Schweigen zu brechen. Also quassle ich einfach drauf los, was mir grad einfällt. Ich frage nach ihrer Arbeit, wie sich Max in der Schule macht, nach Hobbys von den Kindern und so entwickelt sich nach anfänglicher Befangenheit ein durchaus entspanntes Gespräch zwischen mir und Joan. Die Zeit vergeht im Nu und ehe wir uns versehen, verkünden uns die Kinder, dass der Film zu Ende ist. Erschrocken stelle ich fest, dass wir schon nach neunzehn Uhr haben und ich noch nicht einmal mit dem Abendessenkochen begonnen habe. Joan erklärt sich sofort bereit, mir beim Kochen zu helfen. Die Jungs schickt sie bis dahin nochmal ins Wohnzimmer, wo sie noch so lange spielen sollen, bis das Essen fertig ist.

Wenn ich es nicht besser wüsste, würde ich sagen, Joan und ich haben schon öfter zusammen gekocht. Es harmoniert fantastisch zwischen uns. Jeder Handgriff sitzt, wie bei einem alteingespielten Team. Als alles fast fertig ist, decken wir gemeinsam den Tisch und rufen dann die Jungs zum Essen. Es gibt Spaghetti Bolognese mit Parmesankäse. Max und Tim sind total begeistert, dass die Spaghetti einen halben Meter lang sind. So sitzen wir vier am Küchentisch, kämpfen regelrecht mit den langen Nudeln und die Kinder erzählen aufgeregt, was sie alles im Film gesehen haben.

Als alle satt sind, mache ich den Jungs noch eine DVD an und helfe danach beim Aufräumen der Küche. Nachdem alles geputzt ist, setzen auch Joan und ich uns zu den Jungs ins Wohnzimmer und schauen uns den Rest von *Ice Age* mit ihnen an.

Als der Film endet, bemerke ich, dass meine drei Gäste eingeschlafen sind. Langsam stehe ich auf und trage zuerst Max und danach Tim in mein Schlafzimmer. Ich lege sie behutsam in mein Bett und decke sie dann zu. Max öffnet kurz die Augen und erzählt mir etwas Unverständliches. Das einzige was ich meine zu verstehen, sind die Worte „Zähne putzen". Ich streichle ihm über die Haare und sage ihm, dass es okay ist, wenn er es heute mal ausfallen lässt. Augenblicklich schläft er wieder tief und fest ein.

Ich schaue mir die zwei kleinen schlafenden Engel noch eine Weile so an und stelle mir vor, wie schön es wäre, wenn ich der Vater der beiden wäre. Dann tapse ich wieder leise ins Wohnzimmer.

Gerade als ich auch Joan eine Decke überlegen will, schreckt sie hoch und sieht sich reichlich verwirrt nach ihren Kindern um. Ich beruhige sie und erzähle ihr, dass ich die zwei in mein Bett verfrachtet habe.

„Es ist wirklich gar kein Problem, wenn ihr heute Nacht hierbleibt."

Sie entspannt sich deutlich und entschuldigt sich dann, weil sie eingeschlafen war. Das entlockt mir ein Lachen und wieder versichere ich ihr, dass das alles gar kein Problem ist. Als ich ihr vorschlage, sich wieder hinzulegen, um weiter zu schlafen, wehrt sie jedoch ab. Also biete ich ihr ein Glas Wein an.

Wenige Minuten später kehre ich ins Wohnzimmer mit einer geöffneten Rotweinflasche und zwei Gläsern zurück. Joan sitzt zusammengekauert auf dem Sofa. Da ihr offensichtlich kalt ist, lege ich ihr eine Decke um die Schultern. Joans Anblick erinnert mich sehr an Fiona, die oft abends so eingemummelt dagesessen hatte, wenn sie beispielsweise ein Buch las. Wenn der Fernseher lief, hatte ich mich dann immer gern zu ihr unter die Decke gesellt und eng aneinander gekuschelt hatten wir uns dann das Fernsehprogramm angesehen.

Ich setze mich ein Stück abseits, gieße den Wein in unsere Gläser und reiche dann Joan eins. Wir prosten uns zu und trinken dann jeder in seine eigenen Gedanken versunken. Oh je, ich weiß schon wieder nicht, was ich zu Joan sagen soll. Bisher habe ich mich immer für recht redegewandt gehalten, aber in Joans Gegenwart fühle ich mich nicht wie ein siebenunddreißig jähriger Mann, sondern klein und unbeholfen. Ich verstehe nicht, woran das liegt.

Joan stellt ihr Glas auf den Tisch, dreht sich in meine Richtung und schaut mich mit einem Blick an, den ich nicht so recht zu deuten weiß. Dann kniet sie sich, die Decke noch immer fest um ihren Körper geschlungen, auf die Couch. Etwas tollpatschig kommt Joan noch ein Stück auf mich zu, nimmt mir mein Glas aus der Hand und stellt es zu ihrem auf den Tisch. Ich muss schwer schlucken, als sie mir mit ihren braunen, mandelförmigen Augen direkt in meine Augen blickt. Ich kann ihrem Blick nicht sehr lang standhalten und blicke mich nervös um. Joan nimmt mein Gesicht in ihre kleinen zierlichen Hände, sodass ich sie wieder anschauen muss. Und dann legt sie ganz behutsam ihre Lippen über meine. Das ist der erste Kuss, den ich seit fast drei Jahren erhalte. Anfangs ist er recht schüchtern, aber nach und nach entwickelt sich eine derartige Leidenschaft, wie ich sie nur bei Fiona für möglich gehalten habe. Mein Herz pocht wie wild in meiner Brust, als würde es zerspringen wollen. Ich bin so ausgehungert, so voller Verlangen. Joans Finger gleiten unter mein T-Shirt und dann ergibt eins das andere.

Später liegen wir beide nebeneinander auf dem Boden unter der Decke. Ich streichle über Joans zarte, nackte Haut. Meine Finger kribbeln wie elektrisiert, ich atme ihren Duft ein und versuche mir ihren Anblick in meinem Hirn zu speichern. Sie gleicht einer göttlichen Schönheit, sie ist so vollkommen und wie fantastisch sie sich anfühlt. Ich bin gewillt, diesen Augenblick und auch jede noch so winzige Kleinigkeit nie zu vergessen.

11.

Völlig entsetzt schrecke ich aus meinem Traum. Mein Blick fällt auf Joan, die nackt neben mir liegt und noch immer schläft. Langsam stehe ich auf, greife nach meinen Sachen und gehe leise ins Schlafzimmer, wo Max und Tim noch friedlich schlummern. Einen Moment verweile ich und schaue mir die Jungs an. Mir wird regelrecht warm ums Herz, die zwei so daliegen zu sehen.

Ich suche mir frische Sachen aus dem Kleiderschrank und verlasse dann wieder den Raum. Nachdem ich mich geduscht habe, schaue ich in den Spiegel und erblicke etwas, was ich schon seit Ewigkeiten nicht mehr gesehen habe: Mein lächelndes Spiegelbild. Es fühlt sich so unendlich gut an, aber gleichzeitig verwirrt mich das Ganze auch.

Von einem heftigen Rütteln an der Badezimmertür werde ich aus meinen Gedanken gerissen. Es ist Tim, der mir lautstark verkündet, dass er mal aufs Klo müsse. Schnell ziehe ich mich fertig an und öffne dann die Tür. Er stürmt sofort an mir vorbei und ich warte vor der Tür auf ihn. Als er wieder rauskommt frage ich ihn, ob er wieder schlafen gehen möchte. Meine Frage beantwortet er wie erwartet mit einem klaren „Nein". Also nehme ich ihn auf den Arm und trage ihn ins Schlafzimmer, wo uns ein wacher Max sehnsüchtig erwartet. Ich setze Tim auf dem Bett ab und erkundige mich, wer denn hungrig sei.

„Ich", rufen beide im Chor.

Ich hole mir das Versprechen ein, dass beide mucksmäuschenstill auf mich hier warten, damit ihre Mama noch etwas schlafen kann und hole ihnen dann ausnahmsweise etwas zu Essen ins Schlafzimmer.

„Dürfen wir später ehrlich hier bei dir im Bett essen?", erkundigt sich Max mit weitaufgerissenen Augen.

Ich nicke und zwinkere ihm zu, als ich aus dem Raum gehe.

Joan schläft noch tief und fest.

In der Küche mache ich mir so leise es geht einen Kaffee und kehre dann mit Müslischalen, Löffel, Knusperflocken, Milch und meinem Kaffee ins Schlafzimmer zurück. Die Jungs sitzen wirklich noch ganz still auf dem Bett und rühren sich nicht. Ich fülle etwas Müsli in jede Schale, gieße Milch hinzu und reiche den Jungs jedem eine Schüssel inklusive Löffel. Ich selbst trinke von meinem Kaffee. Stumm sitzen wir nebeneinander, nur das Kauen des Müslis ist zu hören. Tim ist als erster fertig mit Essen, kurz danach Max. Ich bin mehr als überrascht, wie gut das geklappt hat, denn mein Bett ist wirklich gänzlich ohne Flecken geblieben.

Oh je. Und was nun? Ich habe nicht den blassesten Schimmer, wie ich die beiden nun beschäftigen soll, damit ihre Mutter noch schlafen kann.

Max wandert durch das Schlafzimmer und bleibt vor dem Bücherregal stehen.

„Hast du die alle gelesen?"

Seine Augen weiten sich, als ich seine Frage mit „Ja" beantworte.

Ich gehe zu ihm hinüber, lasse meine Augen über die Buchreihen gleiten und ziehe dann ein Buch hervor. Wir setzen uns wieder aufs Bett und die Kinder betrachten neugierig, was für ein Buch ich in der Hand habe. Gemeinsam schauen wir uns den Bildband über Australien an und die Jungs sind völlig begeistert von den vielen verschiedenen Tieren und der Landschaft. Sie studieren jedes einzelne Bild, stellen Fragen und hören sehr wissbegierig zu, wenn ich ihnen etwas erkläre, erzähle oder vorlese. Es scheint, als ob sie jede noch so kleine Information in sich aufsaugen, wie ein Schwamm.

Später, als wir auf der letzten Seite angekommen sind, fragt Tim, ob ich Malblätter und Stifte für sie habe. Ich gehe zum Schreibtisch, nehme einen Stapel weiße Blätter aus meinem Drucker und schaue mich suchend um. Leider kann ich den Jungs nur Kugelschreiber und Bleistifte zum Malen geben. Ich muss mir unbedingt mal ein paar Fasermaler oder Buntstifte zulegen.

Doch die Jungs scheint das nicht zu stören. Sie legen den Bildband auf den Boden und breiten die Blätter rundherum aus. Dann machen sie sich eifrig ans Malen. Tim malt Kängurus, Koalas, Wombats, Schnabeltiere und einen Tasmanischen Teufel. Max hingegen scheint mehr von der Landschaft Australiens angetan zu sein, denn auf seinem Bild erkennt man das Meer, Strand, Pflanzen und Felsen. Staunend sehe ich zu, wie die zwei ihre Kunstwerke entstehen lassen. Erst als ich aufschaue entdecke ich Joan, die im Türrahmen lehnt und uns beobachtet.

Sie lächelt still vor sich hin und als unsere Blicke sich treffen flüstert sie: „Guten Morgen!"

Ich klopfe auf den freien Platz neben mir auf dem Bett und sie schwebt regelrecht herein. Joan haucht mir einen Kuss auf die Wange, setzt sich und schmiegt sich katzenartig an mich. Nach einer Weile bemerken auch die Jungs ihre Mutter, springen auf und fallen ihr in die Arme. Nun herrscht ein heides Durcheinander aus zappeligen Kindern und sich zu überschlagend scheinenden Stimmen. Tim und Max wollen beide zuerst ihrer Mama von ihren Erlebnissen erzählen. Ruhig betrachtet Joan erst einmal die Bilder ihrer Söhne. Währenddessen berichtet Tim von dem Buch und was sie alles Neues erfahren haben. Max hingegen erzählt mit leuchtenden Augen, dass ich sie im Bett habe Müsli essen lassen. Verdutzt schaut mich Joan an. Ich zucke nur mit den Schultern und gehe dann in Richtung Küche, um das Frühstück vorzubereiten.

Joan folgt mir und schlingt ihre Arme um meine Hüften und haucht mir von hinten ein leises „Danke, Anthony!" ins Ohr.

Ich verweile einen Augenblick, genieße ihre Umarmung und sage mit geschlossenen Augen, dass es keinen Grund für sie gibt, sich bei mir zu bedanken.

„Doch natürlich! Du warst so toll zu Max und Tim. Sieh doch, wie glücklich sie sind."

Joan zeigt mit dem Finger Richtung Schlafzimmer, wo die zwei immer noch voll konzentriert an ihrem nächsten Bild malen.

„Und du hast mich sogar ausschlafen lassen."

Nun drehe ich mich zu ihr um. Schaue ihr fest in die Augen und gebe ihr einen sanften Kuss auf die Nasenspitze, dann setze ich meinen Weg in die Küche fort. Was hätte ich ihr denn sagen sollen? Dass es reicht, wenn einer von uns wach ist oder dass sie aussieht wie ein Engel, wenn sie schläft? Dass sie großartige Jungs hat und ich es genossen habe, die Zeit mit ihnen zu verbringen oder dass es kein Problem für mich war, auf die zwei einen Moment zu achten?

Als erstes mache ich mir noch einen Kaffee und einen für Joan.

Joan steht schweigend im Türrahmen und mustert mich.
„Hast du was dagegen, wenn ich kurz duschen gehe?"

Ich zeige ihr, wo sie frische Handtücher findet und fahre dann mit meiner Arbeit fort. Nachdem die Brötchen im Ofen sind, decke ich den Tisch und erwärme etwas Milch für die Jungs in der Mikrowelle.

Das Telefon klingelt, doch irgendwie verspüre ich nicht die geringste Lust in mir, den Hörer abzunehmen. Erst als der Anrufbeantworter anspringt und ich die traurig klingende Stimme von Michelle höre, gehe ich ans Telefon. Michelle ist froh, dass ich noch nicht auf den Weg zu ihnen bin. Sie erklärt mir hektisch, dass sie jetzt alle den Opa besuchen fahren. Maurice und Kevin würden dann erst am späten Nachmittag zurück sein, sodass erst dann die Arbeiten weitergehen werden. Mir ist das natürlich mehr als Recht, was ich Michelle jedoch nicht sage, sondern ich erkundige mich, ob es dafür einen besonderen Grund gibt. Gerade als sie es mir erklären will, stürmen Max und Tim zu mir ins Wohnzimmer und präsentieren mir ihre neusten Kunstwerke. Michelle stockt, als sie die Kinderstimmen hört. Ich vertröste erst Max und Tim, dass ich mir gleich ihre Bilder anschauen werde, wenn ich fertig telefoniert habe und schicke sie währenddessen nochmal ins Schlafzimmer zurück. Dann wende ich mich wieder an Michelle. Meine Knie zittern, denn ich weiß genau, dass ich meiner Schwägerin gleich Rede und Antwort stehen muss.

Noch bevor Michelle etwas zu mir sagen kann, sage ich mit so gut es geht gefasster Stimme: „Du, pass auf, Michelle, ich muss jetzt Schluss machen. Ich erkläre dir alles ein anderes Mal. Richte doch bitte Kevin aus, dass ich heute Abend gegen neunzehn Uhr erscheinen werde. Ach ja und gib den Kids einen Kuss von mir und grüße bitte Dad!"

Mit diesen Worten lege ich auf und zittre immer noch. Ich verstehe gar nicht, warum mich das ganze jetzt so aus der Fassung gebracht hat.

Noch einen Moment verweile ich regungslos, dann gehe ich zu den Jungs und schaue mir ihre Kunstwerke an. Diesmal hat Max viele Hochhäuser gemalt und erklärt mir, das sei *Sydney*. Tim zeigt mir sein Bild, wo er die australische Flagge gemalt hat. Die Bilder sind wirklich großartig geworden.

Als Joan aus dem Badezimmer kommt, gehen wir alle vier in die Küche und frühstücken erstmal. Während des Frühstücks fragt Joan mich, wann ich denn losmüsse. Also erzähle ich ihr von dem Telefonat und dass ich den ganzen Tag Zeit habe. Max rutscht auf seinem Sitz hin und her und schaut nervös von Joan zu mir und wieder zurück.

Als keiner von uns beiden weiterspricht, ruft er: „Cool, dann kannst du ja was mit uns unternehmen!"

Erstaunt schaue ich ihn an.

„Magst du denn irgendetwas Bestimmtes machen?"

Max zuckt mit den Schultern und beißt in sein Brötchen. Ich erkundige mich bei Joan, ob sie denn überhaupt Zeit hätten. Da sie meine Frage bejaht, schlage ich einen Besuch im Schwimmbad vor. Max und Tim sind sofort Feuer und Flamme. Joan ist erst noch etwas unschlüssig, willigt dann aber ihren Kindern zu Liebe ein.

Während Joan und ich den Tisch abdecken, räumt Max die Malsachen im Schlafzimmer weg und Tim verstaut die Spielsachen wieder in ihrem Rucksack. Dann packe ich meine Schwimmtasche und wir machen uns auf den Weg zu Joans Wohnung, um auch die Badesachen der drei zu holen.

Gegen zwölf Uhr kommen wir vor dem Schwimmbad an. Ich parke den Wagen und wir gehen rein. An der Kasse ist kaum was los und auch das Schwimmbad scheint nicht zu überfüllt zu sein. Darüber bin ich wirklich froh. Nachdem wir die Schlüssel erhalten haben, gehen wir durch ein Drehkreuz und gelangen zu den Umkleidekabinen. Joan geht mit Tim in eine Kabine, denn er braucht manchmal noch etwas Hilfe beim Umziehen. Max und ich gehen jeder in eine einzelne Umkleide. Als alle fertig umgezogen sind, suchen wir die Duschen auf und gehen dann ins Hallenbad raus. Tim, der noch nicht schwimmen kann, bekommt Schwimmflügel an und dann sausen die zwei auch schon los. Joan und ich haben ganz schön Mühe mit den beiden Schritt zu halten, doch an der Wasserkletterwand holen wir sie schließlich ein. Wir klettern etwas, danach gehen wir vom Sprungturm springen, rutschen und halten uns zum Schluss im Kinderbecken auf und spielen Ball. Die Zeit vergeht wie im Flug und ruck zuck ist unsere Badezeit um.

Auf dem Heimweg halten wir an und gehen einen Burger und Pommes essen. Irgendwie finde ich es echt schade, dass der Tag schon vorbei ist und ich in nicht mal zwei Stunden schon bei Kevin sein soll. Ich muss gestehen, ich fand diesen Tag klasse und ich möchte mehr solche Tage erleben. Kurz überlege ich, ob ich Kevin absagen soll, entscheide mich aber dagegen. Punkt achtzehn Uhr biege ich in die Straße ein, in der Joan, Max und Tim zu Hause sind. Joan bittet mich noch mit nach oben, aber leider muss ich ablehnen, da ich ja gleich zu Kevin weiterfahren muss. Traurig sieht sie mich von der Seite an.

Ich steige aus und laufe um das Auto herum. Sobald ich die hintere Wagentür geöffnet habe, hüpfen Max und Tim heraus, schnappen sich ihre Taschen und stürmen dann in Richtung Eingangstür.

Joan ruft sie zurück und die zwei verstehen sofort, dass sie sich verabschieden sollen. Also lassen beide ihre Taschen fallen und springen mir in die Arme. Nachdem ich mich von den beiden verabschiedet habe und ihnen erklärt habe, wieso ich nicht noch mit ihnen spielen kann, flitzen die Jungs wieder zur Tür. Joan schließt ihnen auf und meint, sie komme gleich nach. Dann dreht sie sich wieder zu mir um.

„Danke, Anthony! Es war wirklich schön gewesen. Die Jungs hatten so viel Spaß und ähm, ich natürlich auch."

Ich versichere ihr sofort, dass das Vergnügen ganz auf meiner Seite war, trete einen Schritt auf sie zu und umfasse sanft ihre schmale Taille. Wir schauen uns fest in die Augen, aber ich kann ihren Blick nicht deuten. Keiner von uns spricht ein Wort. Am liebsten würde ich sie jetzt küssen, aber ich traue mich nicht. Irgendwann räuspert sich Joan und ich trete wieder einen Schritt zurück. Mit einem sanften Kuss auf meine Wange verabschiedet sich Joan von mir und geht dann in Richtung Eingangstür. Ich würde sie gern zurückrufen, aber ich weiß nicht, was ich ihr sagen soll. Also lasse ich sie gehen.

Nachdem sich die Tür hinter ihr geschlossen hat, verweile ich noch einen kurzen Augenblick und setze dann meinen Weg zu Kevin und Maurice fort.

12.

Kurz vor neunzehn Uhr parke ich meinen Wagen vor Kevins Garage. Maurice öffnet mir die Tür. Wir begrüßen uns per Handschlag und ich folge ihm sofort nach oben ins Dachgeschoss. Von Kevin ist nirgendwo eine Spur, also machen wir uns zu zweit schon mal an die Arbeit, rühren Spachtelmasse an und verspachteln dann die Schraubköpfe und Stöße.

Irgendwann kommt auch Kevin zu uns. Er sieht schon wieder völlig fertig aus. Er greift sich eine Kelle, verkleckert von der Spachtelmasse und beginnt fürchterlich zu fluchen, zu meckern und zu toben.

Nach kurzer Zeit platzt mir fast der Kragen, denn die Worte, die Kevin da benutzt, sollte er meines Erachtens nicht vor Maurice aussprechen.

„Kevin, was genau ist dein Problem?", schreie ich ihn also an.

Maurice steht wie erstarrt da und wagt es scheinbar kaum zu atmen.

„Ihr alle! Wisst ihr was? Ihr könnt mich alle mal!"

Mit diesen Worten verlässt Kevin den Raum und das Haus.

Durch das Fenster sehe ich nur noch, wie Kevin wütend sein Auto aus der Garage fährt und dabei fast meinen Wagen rammt. Als er weg ist, drehe ich mich wieder zu Maurice um, der immer noch stocksteif dasteht. Ich zucke mit den Schultern und versuche so Maurice zu verstehen zu geben, dass alles halb so schlimm ist. Wortlos setzen wir unsere Spachtelarbeiten fort. Nach einiger Zeit versuche ich die Spannungen zu lösen, indem ich mich bei Maurice erkundige, wie es denn in der Schule so läuft und wie der Besuch bei seinem Großvater war. Maurice taut langsam aus seiner Vereisung auf. Er beantwortet meine Fragen und wir kommen ins Gespräch. Ich erfahre von dem Schulpraktikum, dass Maurice bald haben wird und dass er eigentlich noch gar nicht so genau weiß, was genau er machen möchte. Wie selbstverständlich biete ich ihm an, dass er doch bei mir in der Firma sein Praktikum machen könnte. Maurice Augen fangen an zu leuchten.

„Im Ernst? Das wäre ja so was von saugeil!"

Ich verspreche sogleich, mich am Montag diesbezüglich zu erkundigen. Wesentlich entspannter machen wir uns wieder ans Verspachteln und plaudern sehr zwanglos über dies und jenes, nur das Thema Kevin und seine Launen lassen wir gänzlich außen vor. Kurz nach dreiundzwanzig Uhr sind alle Spachtelarbeiten erledigt und während einer Pause besprechen wir, wie wir jetzt weiter vorgehen sollen. Abschleifen können wir erst in circa vierundzwanzig Stunden, wenn die Spachtelmasse getrocknet ist. Also räumen wir nur noch auf und beschließen dann, morgen in aller Frühe in dem zukünftigen Zimmer des Babys weiter zu machen.

Wie befürchtet, kann ich nicht einschlafen. Ich drehe mich von einer Seite auf die andere und meine Gedanken kreisen um Kevin. Irgendwann gebe ich mein Vorhaben zu schlafen auf und tapse im Dunklen die Treppe hinunter in die Küche, um mir dort etwas zu trinken zu holen. Gerade als ich die Kühlschranktür wieder schließe, vernehme ich das Poltern der Eingangstür.

Kevin ist zurück.

Ich schau in den Flur, nicke Kevin kurz zu und gehe dann ins dunkle Wohnzimmer, wo ich mich aufs Sofa setze. Kurze Zeit später setzt sich Kevin in den Sessel zu meiner linken Seite. Keiner von uns sagt ein Wort. Wie aus dem Nichts erkundigt sich plötzlich Kevin, ob wir gut mit der Arbeit vorangekommen sind. Keine Entschuldigung, keine Erklärung, nur diese eine Frage.

„Mit dem Spachteln sind wir fertig.", antworte ich knapp und sachlich, ohne jedoch Kevin dabei anzusehen.

Ich schaue starr vor mich hin und frage dann in die Dunkelheit, ob es wieder wegen ihr ist.

Kevin kratzt sich nervös am Kopf und rutscht auf seinem Platz hin und her.

„Ja. Nein. Ach Mann, ich weiß doch auch nicht. Es ist alles irgendwie meine Schuld. Ich komme einfach nicht mehr klar mit der ganzen Sache. Ich kann einfach nicht mehr klar denken und trotzdem versuche ich ständig alle Unklarheit in meinem Hirn zu erklären. Mein Kopf wird regelrecht gefickt von meinen Gedanken. Ich weiß nicht mehr, wie es noch weitergehen soll."

Mit diesen Worten steht er auf und kehrt mit zwei Bier in der Hand zurück. Er reicht mir eine Flasche beim Setzen und beginnt dann seine Ausführungen von vorn.

„Ich hatte dir doch erzählt, dass Elli zu diesem Ramon gefahren ist?"

Langsam nicke ich mit dem Kopf und versuche mir dabei die wichtigsten Details im Schnelldurchlauf nochmal in mein Gedächtnis zu holen.

„Nun ist sie zurück. Und ja, ich habe sie wieder getroffen. Wir haben geredet und irgendwann habe ich sie gefragt, was nun sei. Sie meinte, dass sie nun mit diesem Ramon fest zusammen ist. Dass da wirklich Gefühle sind und all so ein Scheiß. Aber erstmal sei noch nicht an Zusammenzug zu denken, aber grundliegend sei sie nicht abgeneigt."

Kevins Gesicht ist voller Ekel und Verachtung.

„Ich habe sie angefleht, war regelrecht panisch, dass das mit uns ja keiner wissen muss und wir doch so viel Spaß miteinander haben. Naja, also sind wir wieder im Bett gelandet. Alles war wie vorher. So viel zum Thema, sie liebt diesen Ramon. Ich mein, wenn sie ihn doch so liebt, wieso haben wir Sex?"

Kevin schüttelt den Kopf und scheint ganz weit weg mit seinen Gedanken zu sein.

Meine Gedanken, dass Kevin ja auch Sex mit Elli hat, obwohl er angeblich Michelle liebt, behalte ich lieber für mich.

„Und dann kamen die Gerüchte. Gerüchte, dass dieser Ramon mit seinem dreizehnjährigen Kind in nicht mal sechs Monaten zu ihr ziehen werde. Über Zukunftspläne und all so ein Scheiß. Natürlich habe ich sie gefragt, was das alles solle und sie schaut mir in die Augen und meint, so schnell schießen die Preußen nicht. Die zwei wollen über Weihnachten erstmal herkommen, sich die Gegend ansehen und dann entscheiden, ob sie herziehen werden."

Kevins Gesichtsausdruck ist leer.

„Natürlich habe ich ihr geglaubt. Und dann lese ich in einem Internetforum, in dem wir beide angemeldet sind, und Ramon und Martin natürlich auch, dass der Umzugstermin bereits feststeht. Und als ob das alles nicht genug wäre, bekomme ich am Mittwoch eine Mail von Elli, dass sie sich aus dem Internet zurückziehen wird, da es nur noch Stress und so weiter gibt. Ich habe sie sofort angerufen und sie meinte, dass es so am besten sei und für mich klang das wirklich logisch. Sie sagte auch zu mir, über E-Mail oder Telefon sei sie ja immer für mich erreichbar, also war ich beruhigt. Dann sehe ich, wie sie anfängt ihr Profil zu löschen. Erst die Onlinegeschenke, dann die Freunde. Und was muss ich erkennen? Sie löscht nicht alle Geschenke und auch nicht alle Freunde. Sie löscht mich! Verstehst du? Meine Geschenke und meine Onlinefreundschaft. Martin bleibt und auch Ramon. Und mich löscht sie. Dann ändert sie ihren Usernamen. So was macht man aber nicht, wenn man vorhat, sein ganzes Profil zu löschen. Was bedeutet, sie hat mich angelogen. Eiskalt! Und ich verstehe einfach nicht warum. Seit Tagen zermartere ich mir das Hirn, warum sie das getan hat, warum ich ihr so wenig wert bin. Und was dann noch erschwerend dazu kommt ist, dass Gott und die Welt meint, mich mit irgendwelchen fiesen Mails bombardieren zu müssen oder über Fremdprofile mir nachzustellen. Dieser Ramon hat irgend so eine Powerlesbe zur Freundin und die versprüht so viel Gift. Mich macht das alles so fertig und ich kann einfach nicht mehr. Ich kann nicht mehr essen und ich kann nicht mehr schlafen. Oh Mann, ich war sogar schon versucht, alles zu beenden. Das Messer hatte ich schon in der Hand. Aber was soll Michelle dann machen? Und die Kinder? Nur so wie es jetzt momentan ist, so geht es einfach nicht weiter."

Kevin schüttelt den Kopf und nimmt dann einen tiefen Schluck von seinem Bier. Ich bin zu tiefst erschüttert, über das, was ich hier höre und mir krampft sich der Magen regelrecht zusammen.

„Es gibt nur eine Lösung. Ich muss mit Elli reden. Aber das geht erst frühestens nächsten Samstag, bis dahin muss ich versuchen, den ganzen Scheiß irgendwie durchzustehen. Aber ob das wirklich die Lösung ist, weiß ich nicht. Sicher kommt sie mir wieder mit irgendwelchen Lügen und Ausflüchten. Ach Mann, Anthony, ich kann mich doch im Moment selber nicht leiden. Diese Gedanken, die sich in meinem Kopf drehen, bringen mich um den Verstand. Ich weiß nicht mehr weiter. Ich hasse mich so sehr dafür, was ich Michelle und den Kindern antue, aber ich komme einfach nicht von Elli los, sie ist meine Droge und allein der Gedanke, dass ich sie an diesen schleimigen, hässlichen Mistkerl verloren habe, lässt mich buchstäblich durchdrehen."

Kevins Augen sind voller Hass.

„Ich würde so gerne alles dafür tun, dass die zwei wieder auseinandergehen, dieser Arsch hier niemals herzieht. Aber ich weiß einfach nicht wie. Außerdem weiß ich nicht, ob Elli sich dann vielleicht an mir rächen wird und zu Michelle geht und ihr alles erzählt?"

„Meinst du wirklich, Michelle würde ihr glauben?"

Kevin schließt die Augen und senkt den Kopf.

„Es gibt Fotos. Sehr eindeutige Fotos."

Mein Magen schnürt sich immer mehr zusammen. Darauf weiß ich nichts zu antworten.

Kevins Fingerknöchel färben sich weiß, sosehr umklammert er seine Bierflasche. Dann schaut er mir durch die Dunkelheit direkt in die Augen.

„Ich habe so Angst, Anthony. So habe ich noch nie gefühlt."

Jetzt ist es kurz vor vier Uhr und an Schlaf ist nicht im Geringsten zu denken. Ich erinnere mich, dass ich noch ein Paar Laufschuhe im Auto habe. Von Kevin borge ich mir einen Sportanzug und begebe mich dann auf den Weg, um meinen Kopf buchstäblich frei zu rennen. Schade, dass ich meinen mp^3-Player nicht dabei habe. Aber es geht auch so.

Hier in dieser Umgebung bin ich noch nie gelaufen. Um diese frühe Uhrzeit sind die Straßen menschenleer. Ab und an sehe ich eine Katze, aber ansonsten gibt es nur mich. Ich genieße die Ruhe um mich herum und die Kälte auf meiner Haut. Immer noch gehen mir Kevins Schilderungen durch den Kopf. Wie kann jemand nur so im Netz des Internets gefangen sein, sich online so fertigmachen lassen und einer fremden Frau so hörig sein? Aber wie kann ich Kevin nur helfen? Mein Tempo wird immer schneller und mein Herz rast wie wild.

Völlig außer Atem komme ich wieder bei Kevins Haus an. Nach einer ausgiebigen Dusche, setze ich mich aufs Sofa und schalte den Fernseher ein. Das Laufen hat mir wirklich gutgetan. Ich zappe mich durch die Programme und bleibe bei den Nachrichten hängen. Ich bin immer wieder entsetzt, wie viel Elend es auf dieser Welt gibt. Während des Wetterberichts setze ich eine Kanne extrastarken Kaffee auf. Da ich die ganze Nacht nicht geschlafen habe, werde ich den später sicher gut brauchen können. Noch verspüre ich keine Müdigkeit, aber so was kann sich ja schlagartig ändern.

Ich bin gerade bei meiner zweiten Tasse Kaffee, als Maurice im Wohnzimmer auftaucht. Er setzt sich zu mir auf die Couch und sagt kein Wort. Unter dem Vorwand, dass ich Hunger habe, stehe ich auf und erwähne so nebenbei klingend wie möglich, dass sein Vater oben im Schlafzimmer ist. Maurice zuckt nur mit den Schultern und folgt mir in die Küche. Wir entscheiden uns beide für Haferflocken mit Schokoraspeln und verfeinern das Ganze noch mit etwas Kakaopulver. Zurück im Wohnzimmer setzen wir uns an den Esstisch und überlegen beim Essen, wohin wir am günstigsten Maurice seine Möbel hinstellen können, damit wir im Babyzimmer Platz haben.

Zuerst räumen wir die fertig gepackten Kisten in den Flur und beginnen dann mit dem Auseinanderbauen der Möbel, da man die großen Teile sowieso nicht im Ganzen ins Dachgeschoß bringen kann. Kleinere Möbelstücke hingegen stellen wir auch erstmal in den Flur zu den Kisten.

Gegen Mittag sind endlich alle Wände in Maurice altem Kinderzimmer frei zugänglich. Bevor wir jedoch anfangen, die alte Tapete von der Wand zu lösen, machen wir eine wohlverdiente Pause und bestellen uns Pizza.

Während wir auf den Lieferanten warten, setzen wir uns vor den Fernseher. Maurice schaltet durch und bleibt bei einem Cartoon hängen. Die Figuren sehen irgendwie sehr eigenartig aus, aber Maurice scheint das nicht zu stören. So langsam macht sich doch die Müdigkeit bei mir bemerkbar. Ich gieße mir noch einen Kaffee ein, dabei denke ich an Joan. Sicher kocht sie gerade Mittag oder aber sie sind schon beim Essen. Wie aufs Stichwort klingelt der Pizzabote an der Tür.

Kurze Zeit später sitzen wir wieder am Esstisch im Wohnzimmer und lassen uns unsere Pizza schmecken. Es ist fast zwei und von Kevin ist weder etwas zu hören noch zu sehen. Ich bin mir selbst noch nicht einig, ob ich mir Sorgen machen soll oder einfach nur stinksauer auf Kevin. Vor Maurice spreche ich allerdings meine Gedanken nicht aus und versuche so entspannt wie möglich zu wirken.

Nach dem Essen gehen wir wieder in Maurice altes Zimmer und fangen an, die Spuren der Vergangenheit zu beseitigen. Nachdem wir den Holzboden mit Abdeckfolie abgeklebt haben, lösen wir nach und nach die Tapete und entfernen sie. Ich glaube es ist gut, dass Michelle nicht da ist. Sie wäre sonst sicherlich in ihrem hormonüberfluteten Gemütszustand nur am Weinen gewesen.

Wir kommen gut mit der Arbeit voran, denn zu unserem Glück lässt sich die Tapete richtig leicht ablösen. Unser Tun unterbrechen wir höchstens, um mal einen Schluck zu trinken, sodass wir um kurz vor halb fünf in einem Zimmer mit völlig kahlen Wänden stehen. Als wir gerade dabei sind, die ganzen Tapetenreste in Müllsäcke zu stopfen, klingelt das Telefon. Maurice nimmt den Hörer ab. Es ist seine Mutter, die wissen möchte, wann sie und die Kinder denn wieder abgeholt werden. Ich gebe Maurice ein Zeichen, dass wir gleich losfahren werden und dieser gibt das so an seine Mutter weiter.

Hastig räumen wir zu Ende auf und machen uns dann auf den Weg zu meinem Vater. Nach Kevin schaut keiner von uns, denn innerlich scheint Maurice genauso aufgewühlt zu sein wie ich, wegen dem Verhalten von Kevin. Kurz bevor wir an unserem Ziel ankommen, schaut mich Maurice ruckartig an.

„Was werden wir Mama sagen?"

Er braucht nicht zu erklären, was er meint, denn ich weiß sofort, dass er von Kevin, seinem merkwürdigen Verhalten und dessen Abwesenheit redet. Ich zucke nur mit den Schultern, denn ich habe wirklich nicht den blassesten Schimmer, was wir ihr sagen könnten.

Als wir in die Einfahrt meines Vaters einbiegen, werden wir schon sehnsüchtig von Kimberly erwartet. Nach einer ausgiebigen Begrüßung folgen wir ihr ins Haus. In der Tür steht schon mein Vater und an seiner Seite wartet Veronique. Maurice und ich begrüßen auch die beiden und gehen dann ins Wohnzimmer. Wir setzen uns aufs Sofa und berichten stolz meinem Vater, was wir seit gestern alles geschafft haben.

Michelle fliegt förmlich durch den Raum, sammelt noch herumliegende Sachen ein und begrüßt mich und Maurice sehr flüchtig mit einer Entschuldigung, weil sie noch nicht ganz fertig ist mit packen. Bei ihrer Berührung krampft sich mein Magen zusammen, denn ich weiß noch immer nicht, was ich ihr sagen soll. Maurice scheint es ähnlich zu gehen, denn er schaut nervös auf seine Hände und vermeidet jeglichen Augenkontakt.

„Das mit Kevin ist ja wirklich furchtbar!", ruft Michelle beim Rausgehen.

Ich schaue Maurice an. Auch er versteht kein Wort.

Dann erscheint Michelle wieder in der Tür.

„Ich hoffe es ist nichts Ernstes. Nicht, dass er uns noch alle ansteckt. Das ist das letzte, was ich jetzt im Moment gebrauchen könnte."

Erst jetzt bemerkt sie unseren verwirrten Gesichtsausdruck und fragt merklich vorsichtig: „Kevin ist doch krank?"

Langsam nicke ich. Ich meine, was hätte ich anderes in dieser Situation sagen oder tun sollen? Einer hochschwangeren Michelle die Wahrheit sagen? Nein, das ginge ja gar nicht. Ich wollte doch eine Ausrede für Michelle. Und da habe ich sie auf einem Silbertablett! Wohl ist mir bei der ganzen Sache überhaupt nicht, denn bisher war ich immer ehrlich zu Michelle, aber im Moment fällt mir keine andere Lösung ein, also frage ich, woher sie es wüsste.

„Ich habe Kevin auf seinem Handy erreicht. Er klang ja wirklich fürchterlich. Er hat mir gebeichtet, dass er euch gar nicht helfen konnte, weil er die ganze Zeit flachgelegen hat und es ihm total leid tut und so."

Maurice schnaubt verächtlich. Für einen Moment habe ich echt Angst, dass er seiner Mutter erzählt, was wirklich war.

„Mach dir keine Sorgen um ihn, Mum. Du weißt doch wie kranke Männer sind."

Sagt er dann aber und zwinkert ihr dabei zu.

„War eh viel cooler mit Onkel Anthony allein. Sind echt voll weit gekommen. Du wirst echt staunen, Mum."

Ich verspreche meinem Vater noch, im Laufe der Woche mal nach der Arbeit vorbeizuschauen. Dann machen wir uns auf den Rückweg. Unterwegs erzählt Kimberly von ihrem Wochenende. Darüber bin ich wirklich froh, denn so muss ich nicht reden. Ich hätte sowieso nicht gewusst, was ich sagen soll. Wieder parke ich meinen Wagen vor der Garage und wir tragen die Taschen und Beutel ins Haus. Die Mädchen rennen sofort die Treppen hinauf und betrachten sich Maurice altes, jetzt sehr kahles Zimmer.

Michelle schaut als erstes nach Kevin und kommt dann zu uns.

„Oh", ist das einzige, was sie von sich gibt.

Maurice schaut mich an.

„Hast du noch Zeit Onkel Anthony? Wenn ja, könnten wir ja jetzt anfangen abzuschleifen."

Noch bevor ich antworten kann, schaltet sich Michelle ein.

„Meint ihr, das ist so eine gute Idee? Dein Vater braucht Ruhe, ihm geht es gar nicht gut."

Wieder schnaubt Maurice verächtlich und ich sehe förmlich den inneren Kampf, den er in diesem Moment mit sich selbst führt.

„Naja und den Nachbarn gegenüber ist das ja auch nicht wirklich fair. Findet ihr nicht? Immerhin ist doch Sonntagabend."

Mit einem Engelsblick schaut sie zwischen mir und Maurice hin und her. Da sie absolut Recht hat, was die Nachbarn betrifft, überzeuge ich Maurice davon, dass wir nächstes Wochenende weitermachen werden.

Michelle geht mit den Mädchen nach unten, um das Abendessen vorbereiten. Maurice und ich folgen ihnen ins Wohnzimmer. Ich setze mich auf die Couch und auf einmal überschwemmt mich eine Welle der Müdigkeit, die ich so nicht erwartet habe. Mühsam rapple ich mich wieder auf und schleppe mich in die Küche, wo ich mir von Michelle einen Espresso zubereiten lassen. Nachdem ich meine Tasse geleert habe, drücke ich meiner Schwägerin einen Kuss auf die Wange und verabschiede mich bei ihr.

Wenn ich jetzt nicht ganz schnell nach Hause fahre, um endlich Schlaf zu bekommen, werde ich die Rückfahrt sicher nicht unbeschadet überstehen.

„Aber du wolltest doch noch mit uns zu Abend essen."
Michelle klingt irgendwie verunsichert.
„Außerdem schuldest du mir noch eine Erklärung!", fügt sie zwinkernd dazu.

„Weißt du, irgendwie habe ich das ganze Wochenende kaum Schlaf bekommen und ich muss wirklich dringend in mein Bett. Alles Weitere erzähle ich dir bei nächster Gelegenheit. Versprochen!"

Dann verabschiede ich mich noch von den Kindern und trete meine Rückfahrt an.

13.

Die Rückfahrt ist die reinste Qual. Immer wieder bin ich kurz davor einzuschlafen. Wie genau ich den Heimweg gefunden habe, ist mir wirklich ein Rätsel, aber als ich erwache liege ich noch vollständig bekleidet in meinem Bett.

Zuerst bin ich orientierungslos und versuche mich zu erinnern. Dann schrecke ich aber hoch, weil mir augenblicklich bewusst wird, dass ich verschlafen habe. Im Eiltempo mache ich mich fertig und fahre ins Büro. Heute Morgen habe ich einige wichtige Termine im Kalender stehen und noch eine Menge zu erledigen.

Mit zwei Stunden Verspätung komme ich im Büro an. Scheinbar hat noch niemand meine Abwesenheit bemerkt, denn alles scheint wie immer. Ich weiß auch nicht genau, was ich erwartet habe, aber alles so völlig normal vorzufinden ist schon irgendwie bitter.

Nachdem ich mir eine große Tasse Kaffee geholt habe, ziehe ich mich in mein Büro zurück und befasse mich mit der Auftragswebsite mit der höchsten Priorität. Mit der Arbeit komme ich gut voran, sodass ich im null Komma nix die verlorene Zeit wieder reingearbeitet habe. Als ich gerade dabei bin, mir einen neuen Kaffee zu holen, begegne ich auf dem Flur Marco.

Marco ist derjenige, der hier in der Firma das Sagen hat, wenn niemand aus der Chefebene zu sehen ist. Ich begrüße Marco und wir kommen ins Gespräch. Als der Moment mir günstig scheint, erkundige ich mich nach einem Praktikumsplatz für Maurice.

„Grundsätzlich spricht nichts dagegen, dass Ihr Neffe hier in unserer Firma sein Schulpraktikum absolviert. Von wann bis wann soll das denn sein?"

Oje, diese Frage weiß ich leider nicht zu beantworten, aber ich verspreche sogleich, das so schnell wie nur möglich in Erfahrung zu bringen. Nach einem weiteren kurzen Wortwechsel trennen sich unsere Wege wieder und ich kehre in mein Büro zurück. Ohne auf Pausenzeiten zu achten, arbeite ich mich chronologisch durch den Akten- und Auftragsberg auf meinem Schreibtisch. Zwischendurch rufe ich bei Michelle an, erkundige mich des Scheines halber nach dem Gesundheitszustand meines Bruders und lasse mir dann Maurice geben. Ich notiere mir den Zeitraum des Praktikums, den er mir nennt. Dann frage ich, ob ich am Freitag oder Samstag wieder vorbeikommen soll, um beim Ausbau und Renovieren zu helfen. Maurice erzählt, dass er am Donnerstag und Freitag keine Schule hat, wegen der Abi - Klausuren an seiner Schule.

„Ich muss da jetzt echt aktiv was tun, damit alles rechtzeitig fertig wird. Also ist der Tag, an dem du zum Helfen kommst, mir im Grunde genommen völlig egal. Ich werde eh jede freie Minute mit dem Umbau und so verbringen. Da kommt mir jede Hilfe, egal wann, recht."

„Hmm, okay, ich verstehe. Naja, ich werde sehen, was sich machen lässt."

Während wir uns verabschieden, frage ich mich, wo zur Hölle Kevin steckt und warum er seinem Sohn nicht hilft. Es macht mich echt wütend, je mehr ich darüber nachdenke. Gleichzeitig füllt sich meine Brust mit Stolz, denn ich erkenne, wie erwachsen und verantwortungsvoll Maurice geworden ist.

Nach dem Telefonat widme ich mich wieder voll und ganz meiner Arbeit. Die Zeit vergeht wie im Flug und als der Feierabend greifbar nah ist, habe ich meinen, mir selbst auferlegten Arbeitssoll geschafft.

Bevor ich nach Hause fahre, schaue ich nochmal bei Marco im Büro vorbei. Ich gebe ihm den Zettel mit den Praktikumszeiten und reiche spontan für Donnerstag und Freitag Urlaub ein. Nachdem alles geregelt ist, fahre ich nach Hause.

Vor kurzem habe ich ein Zitat von Mara Prochnow gelesen, in dem hieß es: »*Auch wenn ein Schatten auf meiner Seele liegt so suche ich doch noch das Schöne zu finden suche einen neuen Weg durch das Dunkel zum Licht weit weit hinter dem Horizont der Schatten.*«
Ich weiß nicht, warum mir diese Worte gerade jetzt durch den Kopf gehen, aber, wenn ich es mir recht überlege, wartet jeder Mensch immer auf das große Wunder und verpasst dabei die vielen kleinen. Das möchte ich nicht mehr und ich habe plötzlich das dringende Bedürfnis, Fionas Stimme zu hören. Mir ist klar, dass das nicht geht. Mein nächster Gedanke ist Joan. Langsam wähle ich ihre Nummer. Mittlerweile kenne ich diese besser, als meine eigene Telefonnummer und lege mir meine Worte gedanklich schon zurecht. Nach dem dritten Klingeln springt der Anrufbeantworter an. Bevor ich auflege, nenne ich artig meinen Namen und bitte um Rückruf.

Am Mittwoch, gleich nach der Arbeit, fahre ich zu meinem Vater. Gemeinsam bereiten wir den letzten Rest des Gartens auf den Winter vor, stellen Bänke und Tische in den Schuppen und schneiden die letzten Blumen und Sträucher zurück. Nach getaner Arbeit setzen wir uns ins Haus an den Küchentisch und wärmen uns mit Kaffee auf. Mein Vater berichtet von seinen Plänen im nächsten Frühjahr. Davon, dass der alte Schuppen durch einen neuen ersetzt werden soll und, dass er gerne neue Beete anlegen möchte. Als mein Vater von den Beeten spricht, davon, dass er rote Rosenbüsche in Herzform pflanzen möchte, weil Mama die immer so geliebt hatte, umspielt ein Lächeln seine Mundwinkel. Er scheint alles genau vor Augen zu haben, wie es einmal aussehen soll. Ich lehne mich zurück und lausche genüsslich seinen Ausführungen. Wie jedes Mal fasziniert es mich aufs Neue, wie weich und liebevoll der Blick meines Vaters wird, und auch seine Stimme, als er an meine Mutter denkt und von ihr redet.

Bevor ich mich wieder auf den Heimweg mache, erkundige ich mich, ob mein Vater schon wisse, wie er seinen baldigen Geburtstag feiern möchte. Immerhin wird er in knapp fünf Monaten siebzig Jahre alt und so eine große Feier muss ja schließlich gut organisiert werden. Wie zu erwarten, bekomme ich als Antwort, dass er gar nicht feiern möchte. So viel Aufwand wegen siebzig Jahren wären Quatsch. Ich verrolle nur die Augen, sage aber nichts mehr dazu, denn ich kenne meinen Vater. Wenn er sich erstmal etwas in den Kopf gesetzt hat, ist er sturer als ein Esel.

Nachdem ich mich verabschiedet habe, steige ich in meinen Wagen und trete den Rückweg an. Während der Fahrt bin ich so in meine Gedanken vertieft, dass ich erst merke, welchen Weg ich genommen habe, als ich meinen Wagen parke. Ich steige aus und betrachte mir das Gebäude, das mir einst so vertraut war und nun so verlassen aussieht. Im Garten scheint seit Monaten nichts mehr gemacht worden zu sein. Traurig verkümmern die letzten Blumen zwischen

Unkrautgeschwader vor sich hin. Alles scheint nach Liebe zu schreien und mein Magen krampft sich bei dem Anblick regelrecht zusammen. Wie kann jemand so etwas dem einstigen Paradies antun? Was würde Fiona nur dazu sagen, wenn sie ihren geliebten Garten so vorfinden würde? Mit deutlich getrübter Stimmung steige ich wieder in mein Auto und fahre langsam los. Im Rückspiegel sehe ich unser Haus, was nun nicht mehr unseres ist, wie es immer kleiner wird, bis es schließlich ganz aus meiner Blickfläche verschwindet. Ich fahre ziellos umher und weiß plötzlich nicht mehr, wo ich hingehöre. Mit einem Mal fühle ich mich so unendlich allein.

Ich muss unter Leute. Sofort!

Das ist das, was mir jetzt durch den Kopf schießt. Daher lenke ich meinen Wagen die Bundesstraße zurück und kehre in meiner früheren Stammkneipe ein. Zu meiner Überraschung, scheint sich hier nichts verändert zu haben. Sogar die Bedienung ist noch die Selbe. Ich setze mich an den Tresen und bestelle mir ein Bier. Während ich mein Bier trinke, lasse ich die letzten Tage und Monate Revue passieren. Zum ersten Mal kommen Zweifel in mir auf, was den Hausverkauf betrifft. Ein Schulterklopfen holt mich aus meinen Gedanken, zurück ins Hier und Jetzt. Erschrocken zucke ich zusammen. Als ich mich umdrehe traue ich meinen Augen kaum, denn vor mir steht Tom. Wie lange haben wir uns nicht gesehen? Drei Jahre sind es bestimmt. Tom setzt sich zu mir an die Bar und bestellt sich ein Glas Cola. Wir verfallen in ein Gespräch über vergangene Zeiten und ich erzähle ihm, dass ich ihn schon längst mal anrufen wollte, um ihm zu sagen, dass das schöngemachte Wetter sich so langsam zeigt. Tom lacht herzlich. Er weiß sofort, was ich damit meine. Meine Stimmung ist nun wieder ganz oben. Und für diesen Moment, vergesse ich das Haus und meine, eben noch gefühlte, Einsamkeit.

Als ich am nächsten Morgen erwache, fühle ich mich frei und glücklich. Voller Tatendrang beginne ich meine morgendliche Laufrunde. Der Sport ist wie eine Art Sucht für mich geworden. Ich brauche dieses Auspowern und an meine körperlichen Grenzen kommen sosehr, wie ein Junkie sein Heroin. An Tagen, an denen ich nicht zum Laufen komme, fühle ich mich nicht ganz und bin unzufrieden mit all und jedem, aber vor allem mit mir selbst.

Nachdem ich zurückgekehrt bin, mache ich mich fertig, packe eine Tasche mit frischen Klamotten und begebe mich dann auf den Weg zu Maurice. Die Sonne zeigt sich schüchtern hintern den Wolken, gerade so, als ob sie sich nicht traue, sich ganz zu präsentieren. Froh gestimmt lenke ich meinen Wagen die Straße entlang und summe sogar das Lied im Radio mit.

Kurze Zeit später stehe ich vor dem Haus meines Bruders. Ich klingle und lausche. Von Innen ist kein Mucks zu hören. Also klingle ich nochmal. Scheinbar genervt öffnet Michelle nach dem vierten Mal klingeln die Tür. Ihr Blick erhellt sich aber sogleich, als sie mich sieht. Sie schwingt fröhlich ihre Arme um mich und umarmt mich liebevoll. Ich spüre das Baby in ihrem Bauch boxen und erinnere mich an meine kleine Celina. Den Gedanken an meine Tochter verbanne ich aber sofort wieder aus meinem Kopf, denn Gefühlsduselei kann ich jetzt gar nicht gebrauchen.

Ich betrete das Haus und folge Michelle ins Wohnzimmer.

„Musst du denn heute gar nicht zur Arbeit?"

Ich erzähle ihr, dass ich mir wegen Maurice und dem Umbau den Rest der Woche freigenommen habe. Michelles Augen werden auf einmal glasig und sie scheint den Tränen sehr nahe zu sein. Ich frage nicht warum, denn ich kann mir denken, dass es sicher wegen Kevin ist. Stattdessen erzähle ich ihr von meinen Plänen, den Geburtstag meines Vaters richtig groß zu feiern, mit allem Drum und Dran. Ihre Miene erhellt sich wieder und ich erkenne, dass sie die Idee gut findet. Bei nächster Gelegenheit wollen wir nochmal darüber sprechen, aber jetzt gehe ich erstmal zu Maurice ins Dachgeschoss.

Maurice ist schon mit den Abschleifarbeiten beschäftigt. Ohne viele Worte begrüße ich ihn kurz und mache mich dann mit an die Arbeit. Maurice ist sichtlich erfreut mich zu sehen. Gegen späten Nachmittag haben wir alle Schleifarbeiten erledigt. Bei einer eiskalten Cola besprechen wir unser weiteres Vorgehen und beschließen, erstmal im zukünftigen Babyzimmer weiter zu machen. Auch hier geht die Arbeit erstaunlich gut voran. Michelle versorgt uns immer wieder zwischendurch mit kalten Getränken und kleinen Snacks. Ab und an schauen Veronique oder Kimberly neugierig zur Tür herein, nur um zu sehen, wie weit wir schon gekommen sind.

Gegen zweiundzwanzig Uhr ist die letzte Tapete an die Wand geklebt und wir schauen uns zufrieden um. Erst jetzt realisiere ich, dass ich Kevin den ganzen Tag noch nicht einmal zu Gesicht bekommen habe und erkundige mich bei Maurice, wo denn sein Vater stecke. Maurice, der gerade den Kleisterpinsel auswäscht, schaut nicht von seiner Arbeit auf, sondern erklärt mit starrem Blick und anteilnahmsloser Stimme, sein Vater sei die ganze Woche geschäftlich irgendwo unterwegs. Ich schlucke den Kloß in meinem Hals runter und sage nichts dazu. Was denn auch? Diesen Kevin kenne ich nicht und möchte ihn auch nicht kennenlernen. Im Gegenteil, ich will meinen Bruder zurückhaben, so wie er früher war.

Wir gehen hinunter ins Wohnzimmer und suchen Michelle, um ihr unser Geschafftes zu zeigen. Doch im ganzen Haus ist es still und dunkel. Sicher schläft sie schon. Also gehe ich in das Gästezimmer, was mir inzwischen sehr vertraut geworden ist und lege mich aufs Schlafsofa. Augenblicklich falle ich in einen tiefen, traumerfüllten Schlaf.

14.

In meinem Traum bin ich eine Frau. Keine klassische Schönheit, eher eine Rubensdame, aber durchaus nicht hässlich. Ich fühle mich sehr seltsam. Nicht nur, weil mein Geist von einem Frauenkörper umgeben ist, sondern weil mich eine tiefe Traurigkeit überkommt. Eine Traurigkeit, die ich so gar nicht kenne und mir ist es auch nicht möglich, sie zu beschreiben, aber ich kann sie fühlen. Diese Frau (ich) sitzt auf einer Bank, vor mir ist Wasser. Die Gegend ist mir völlig unbekannt und doch kommt es mir so vor, als ob ich schon mal hier gewesen bin. Leichte Wellen platschen gegen das steinige Ufer. Ich spüre den Wind, der ihre Haare umspielt. In der Ferne vernehme ich eine Kinderstimme, aber ich reagiere nicht, sondern schaue nur stumm auf das Spiel der Wellen. Die Stimme kommt näher und spricht mich mit „Mama" an. Erst jetzt blicke ich auf und sehe in zwei große blaue Mädchenaugen. Liebevoll nehme ich das kleine zarte Wesen auf meinen Schoß und küsse seine blonden Haare. Eng aneinander gekuschelt sitzen wir noch eine Weile so da. Dann erhebe ich mich, nehme meine Tochter an die Hand und laufe mit ihr den schmalen Weg zu einem großen Wohnhaus hinauf. Vor dem Haus steht ein finster dreinblickender Mann. Sein Anblick lässt mich innerlich zusammenzucken und mich durchfährt ein eiskalter Schauer. Ich spüre ganz deutlich ihre Angst, Ekel und Abscheu. Trotzdem schenke ich diesem Mann ein Lächeln und gehe an ihm vorbei ins Haus.

Nachdem ich das kleine Mädchen in seinem Kinderzimmer ins Bett gelegt habe, singe ich ihr vor, bis sie eingeschlafen ist. Voller Liebe betrachte ich mir das schlafende Kind. Als ich das Wohnzimmer betrete, sitzt der Mann auf dem Sofa. Ohne seine Augen vom Fernseher aufzurichten fragt er, ob ich drinnen alles erledigt habe. Da ich nicht gleich antworte, schaut er mich mit einem fiesen, durchbohrenden Blick an. Also nicke ich stumm. Er deutet mir, zu ihm zu kommen. Artig gehorche ich und wieder überkommt mich dieses schreckliche Ekelgefühl.

„Du bist heute zeitig zu Haus!", höre ich mich leise, zitternd sagen, während ich mich neben den Mann setze.
Seine Augen verkleinern sich feindselig und er schnauft verächtlich. Lautstark teilt er mir mit, was für ein Vollidiot sein Chef sei, der ihm doch allen Ernstes seinen Job erklären wollte. Er redet sich so sehr in Rage, dass man sogar die Schlagader in seinem Hals pulsieren sieht. Meine größte Sorge in diesem Moment gilt meiner kleinen Tochter. Ich bebe innerlich und hoffe so sehr, dass sie von dem Radau nicht aufwachen wird. Daher versuche ich ihn mit ruhigen Worten zu beschwichtigen, doch er steigert sich immer mehr rein. Ich nehme den Geruch von Bier in seinem Atem wahr und schlagartig fühle ich mich meiner Kräfte beraubt.

Mein Geist löst sich aus dem Körper der Frau und ich werde nur noch zum Beobachter des Ganzen. Die Augen der Frau sind leer und ausdruckslos. Ich sehe den Schmerz in ihrem Gesicht, den ich bis eben noch fühlen konnte. Sie richtet sich auf und streichelt dem Mann sanft über den Oberschenkel. Er ist völlig mit seiner Wut beschäftigt und nimmt ihr Tun gar nicht wahr. Langsam öffnet die Frau seine Hose, beugt sich über ihn und setzt sich schließlich auf seinen Schoß. Das Schauspiel, was sich mir bietet, hat nichts mit Leidenschaft zu tun. Es ist eher ein Akt der Aggression, gespickt von Ekel und Abscheu.

Dann beginnen die Bilder vor mir ineinander zu verschmelzen. Ich werde wieder die Frau, befinde mich aber nicht mehr in dem Wohnzimmer, sondern sitze an einem Schreibtisch in einem vier Personen Büro. Vor mir häuft sich die Arbeit, das Telefon klingelt ohne Unterbrechung und mehrere Leute reden auf mich ein. In meinem Kopf dreht sich alles, ich schließe die Augen und als ich sie wieder öffne, knie ich auf einem Teppichboden und versuche Unmengen an Wasser unter Kontrolle zu bekommen. Hilflos sehe ich mich um. Die ganze Wohnung steht unter Wasser. Ich höre mein Kind schreien und da ist auch wieder dieser Mann.

Er rennt hin und her, meckert über einen geplatzten Waschmaschinenschlauch und ist völlig kollerig. Es klingelt an der Eingangstür. Wie in Trance öffne ich die Tür. Vor mir stehen vier Personen. Da ich ja die Frau bin, erkenne ich die Leute als meine Eltern und meine Schwester mit ihrem Mann. In den Händen halten sie Putzlappen und einen Nass-Trocken-Staubsauger. Ich bin froh sie zu sehen und erhoffe mir Hilfe. Doch sie treten nicht ein, sondern gehen wieder, mit allem was sie mitgebracht haben. Verzweifelt rufe ich ihnen nach, dass ich doch ihre Hilfe brauche, aber sie gehen, weil dieser Mann in meiner Wohnung ist. Ich beginne zu weinen, fühle mich schwach, verletzt und allein gelassen. Ein Schlag ins Gesicht könnte nicht mehr schmerzen.

Ich schrecke hoch. Was war das nur für ein Traum? Die ganze Szenerie ist noch deutlich da, jedes kleine Traumdetail ist präsent. Alles wirkt völlig realistisch. Wer ist diese

Frau nur? Ich versuche mich zu erinnern, ob ich sie womöglich kenne. Vielleicht aus einem Film? Aber so sehr ich mich auch anstrenge, ich komme zu keinem Ergebnis.

Durch das geöffnete Fenster erklingen die Kirchturmglocken. Vier helle Schläge und fünf dunkle. Es ist jetzt also fünf Uhr. Ich drehe mich auf die Seite und versuche nochmal einzuschlafen. Als wieder ein Glockenschlag ertönt, verwerfe ich den Gedanken an schlafen und stehe auf. Wie erwartet, ist alles im Haus noch dunkel und still. Daher schnappe ich mir meine Laufsachen und drehe eine große Runde durch die noch menschenleeren Straßen der Wohnsiedlung.

Als ich zurückkehre, sitzt Michelle im Wohnzimmer und starrt den ausgeschalteten Fernseher an. Liebevoll lege ich meiner Schwägerin die Hand auf die Schulter. Michelle dreht sich um und lächelt mich müde an.

„Ist alles okay?"

Besorgt schaue ich ihr ins Gesicht und suche nach Antworten.

Wieder lächelt sie, tätschelt beruhigend meine Hand und sagt, sie könne nur nicht mehr schlafen, weil das Baby in ihrem Bauch Samba zu tanzen scheint. Erleichtert setze ich mich zu ihr und betrachte sie.

„Und was raubt dir den Schlaf?", fragt sie und streichelt über ihren sehr üppigen Bauch.

Ich erkläre kurz, dass ich seltsam geträumt habe, gehe aber nicht weiter auf meinen Traum ein. Eine Zeitlang unterhalten wir uns noch über dies und jenes, vermeiden aber dabei beide ganz bewusst das Thema Kevin. Mich wundert, dass mich Michelle nicht nach den Kinderstimmen fragt, die sie bei unserem letzten Telefonat gehört hatte. Gedanklich lege ich mir schon eine plausible Erklärung für Michelle bereit, aber sie fragt nicht. Ich kann es ihr auch nicht verdenken, denn sie hat momentan wirkliche andere Dinge um die Ohren.

Nun schweigen wir und jeder hängt seinen eigenen Gedanken nach. Ich frage mich, was wohl jetzt in Michelles Kopf vorgehen mag, traue mich aber nicht, nachzufragen. Ein Poltern lässt uns augenblicklich in die Realität zurückkehren. Oben, auf dem Treppenabsatz, erscheint eine noch völlig verschlafene Kimberly, die nun die Treppen zu uns hinunter getapst kommt.

Sie kuschelt sich auf meinen Schoß und rümpft die Nase.

„Iiii, Du stinkst Onkel Anthony!"

Ich schnuppere an mir und stelle fest, dass sie völlig Recht hat. Ich muss dringend unter die Dusche.

Als ich wieder im Wohnzimmer erscheine, ist der Frühstückstisch schon gedeckt und alle, bis auf Veronique, sitzen drum herum. Ich setze mich auf den freien Platz und erkundige mich, ob Veronique denn schon auf dem Weg zur Schule sei.

„Veronique schläft noch. Sie hat heute auch keine Schule und will lieber ausschlafen."

Berichtet Kimberly mit vollem Mund, bevor mir jemand anderes antworten kann.

Nach dem Frühstück verschwinden Maurice und ich wieder auf dem Dachboden und tapezieren die Wände dort mit Raufasertapete. Die Dachschräge erschwert uns die Arbeit, aber Maurice und ich sind mittlerweile ein so eingespieltes Team, dass uns auch so etwas nicht aufhalten kann. Gegen späten Nachmittag sind wir mit unserer Arbeit fertig. Nachdem wir zusammen geräumt haben, gehen wir ins Wohnzimmer. Im ganzen Haus ist es ruhig. Auf dem Esstisch finden wir schließlich eine Nachricht, auf der steht, dass Michelle mit den Mädels losgegangen ist, um neue Schuhe zu kaufen. Maurice setzt sich mit einem Glas Cola an den Tisch. Ich hole mir einen Kaffee und setze mich zu ihm. Ich betrachte den kleinen Zettel, den uns Michelle hinterlassen hat.

„Das Baby wird sicher bald kommen. Weißt du, wann der Termin ist?"

Maurice geht gar nicht auf meine Frage ein. Stattdessen schaut er mich durchbohrend an.

„Hat Papa eine andere?"

Fast verschlucke ich mich bei seiner Frage an meinem Kaffee, aber es gelingt mir gerade noch rechtzeitig die Fassung zu bewahren und sage, mehr zu mir selbst, als zu Maurice, dass der Kevin, den ich kenne, so etwas nie tun würde. Es ist die Wahrheit, wie ich es formuliert zu Maurice sage und trotzdem kann ich meinem Neffen nicht in die Augen sehen, weil es ja nur die halbe Wahrheit ist.

Maurice fragt nicht weiter nach. Darüber bin ich sehr froh, aber auch etwas beunruhigt. Ich weiß einfach nicht, was ich von dem ganzen halten soll und beschließe daher, lieber nichts mehr zu dem Thema zu sagen.

Nachdem wir unsere Pause beendet haben, begeben wir uns wieder zum Babyzimmer. Hier sollen die Wände jetzt in aquablau gestrichen werden. Michelle hat dafür extra den Farbton im Fachmarkt nach ihren Vorstellungen zusammen mischen lassen. Jeder streicht für sich und keiner redet ein Wort. Gerade als wir mit dem Anstrich fertig geworden sind, vernehmen wir die Stimmen von Veronique und Kimberly. Kaum haben wir sie gehört, stehen sie auch schon im Zimmer und bestaunen die gestrichenen Wände.

„Tolle Schuhe", höre ich Maurice sagen und schaue automatisch auf die Füße der beiden Mädchen.
Stolz heben beide ein Bein nach dem anderen an und wackeln mit ihren neuen Schuhen. Anerkennend strecke ich beide Daumen in die Luft. Nun sind die beiden nicht mehr zu bremsen und berichten lautstark von ihrer Shoppingtour. Da aber beide Mädels total durcheinanderreden, verstehe ich kaum ein Wort. Ich setzte gerade dazu an, die zwei etwas einzubremsen, als mein Handy klingelt. Augenblicklich herrscht Ruhe. Alle schauen mich erwartungsvoll an. Also melde ich mich mit einem fröhlichen „Hallo!"

Am anderen Ende der Leitung ist alles still.

Wieder sage ich „Hallo!", nun etwas lauter.

Das einzige was ich vernehme, ist ein leises, zaghaftes Schluchzen. Augenblicklich wird mir übel. Mein Magen verkrampft sich und ich habe Mühe zu sprechen.

„Joan? Was ist passiert? Ist was mit den Jungs?"

Das Schluchzen wird lauter.

„Bist du zu Hause?"

In meinen Ohren rauscht es, aber ich vernehme ein leises „Ja."

„Okay, bleib wo du bist! Ich bin sofort bei dir. Ich beeile mich."

Mit diesen Worten lege ich auf und renne auch schon los.

Beim Rauseilen rufe ich Maurice noch zu, dass ich morgen wiederkommen werde, um bei den Arbeiten zu helfen. Aber für mehr Erklärungen ist jetzt einfach keine Zeit. Mein einziger Gedanke ist Joan.

Ich versuche mich selbst zu beruhigen, indem ich mir sage, dass nichts Schlimmes passiert sein wird. Gelingen tut mir das allerdings nicht und mit zittrigen Händen umklammere ich das Lenkrad und fahre so schnell, wie es nur möglich ist, zu Joans Wohnung.

15.

Immer zwei Stufen auf einmal nehmend, steige ich die Treppen zu Joans Wohnung hinauf. Die Tür ist nur angelehnt. Ich klopfe an und trete in den Flur. In der Wohnung ist es still und dunkel. Mein Herz hämmert wie verrückt in meiner Brust, doch ich vermag nicht zu sagen, ob es am schnellen Erklimmen der Treppenstufen liegt oder daran, dass ich nicht weiß, was mich erwartet. Langsam taste ich mich durch den dunklen Flur ins Wohnzimmer, wo eine kleine Lampe mattes Licht spendet. Joan sitzt zusammengekauert auf dem Sofa und starrt vor sich hin. Um sie herum liegen dutzende benutzte Taschentücher. Ein Blick in Joans Gesicht verrät mir, dass der letzte Heulanfall noch nicht lang her sein kann. Ich nehme neben ihr auf der Couch Platz und warte auf eine Reaktion ihrerseits auf mein Erscheinen. Aber nichts, Joan regt sich keinen Millimeter.

Mit festem Blick sehe ich sie an.

„Joan! Wo sind die Jungs?"

Immer noch keine Reaktion.

Ich frage noch einmal, wo sich die Jungs aufhalten, aber diesmal schroffer. Erst jetzt dreht sie endlich ihren Kopf in meine Richtung. Ihre Augen sind geschwollen und glasig, ihr Blick leer und abwesend.

„Sie sind ein paar Tage bei ihrer Oma."

Beruhigt atme ich aus und lehne mich zurück. Sie mussten scheinbar ihre Mutter nicht in diesem Zustand sehen. Das ist gut!

„Magst du mir erzählen, was passiert ist?"

Wie, als ob ich ein Ventil geöffnet habe, beginnt Joan heftig an zu schluchzen. Tränen laufen über ihre Wangen. Einem Impuls folgend, nehme ich Joan in meine Arme. Leise mache ich „pst" und wiege sie dabei sanft, bis sie bereit ist zu reden.

„Es ist alles wieder nur wegen ihm. Weißt du, ich war gestern hingefahren. Ich habe ihn getroffen und alles war so schön. Wir sind Hand in Hand spazieren gegangen und haben über alles Mögliche geredet. Und dann will ich ihn küssen und er weicht mir aus. Ich frage ihn, was los ist, ob ich was falsch gemacht habe und er meint nur, dass es nicht an mir liegt, aber dass es ein für alle Mal aus ist zwischen uns. Er sagt, dass er jetzt mit der Trulla glücklich werden will und vor hat, mit ihr eine Familie zu gründen."

Die letzten Worte von Joan gehen in herzzerreißendem Schluchzen unter, sodass ich meine Mühe habe, sie zu verstehen. Wieder mache ich „pst" und streiche dabei sanft über ihr weiches Haar. Augenblicklich wird Joan wieder etwas ruhiger.

„Kannst du dir vorstellen, er möchte weiterhin mit mir befreundet sein? Das kann doch alles nicht wahr sein, ich meine, mit mir wollte er nie eine Familie gründen. Und nun das! Ich raff das alles nicht. Wieso die? Kannst du mir das sagen? Was hat die schon, was ich nicht habe?"

Alle weiteren Worte gehen völlig in Joans Tränen unter.

„Oh Maus.", ist das einzige, was mir dazu einfällt.

Wie tröstet man jemanden, wenn man eigentlich nichts von dem Beweinten hält? Am liebsten würde ich sie schütteln und sagen, dass so ein Kerl eine wundervolle Frau wie sie gar nicht verdient hat und er keine ihrer Tränen wert ist. Aber ich weiß, dass das nichts bringen würde. Ich spüre ihre Tränen, als sie mein Shirt durchnässen und ich spüre ihre ganze Traurigkeit. Es ist dieselbe, wie ich sie bei der Frau in meinem Traum empfunden habe.

Verwirrt verwerfe ich den Gedanken an die Frau aus meinem Traum wieder. Alles was jetzt zählt, ist Joan. Zart hauche ich einen Kuss auf ihren Kopf und löse mich vorsichtig aus der Umarmung. Erstaunt sieht mich Joan an. Als sie aber sieht, dass ich nicht gehe, sondern ihr die Box mit Taschentücher reiche, nickt sie mir dankbar zu und nimmt sich ein Tuch. Unsere Blicke treffen sich. Schüchtern lächle ich sie an, denn ich weiß einfach nicht, was ich sagen soll.

Joan richtet sich auf, nimmt meinen Kopf zwischen ihre Hände und küsst mich mit einer Intensität, dass mir fast schwindlig wird. Hastig nestelt sie an meiner Gürtelschnalle und ohne dass wir ein Wort reden, ziehen wir uns gegenseitig aus. Anfangs versuche ich noch ihr Tempo zu drosseln, gebe den Versuch aber bald sehr schnell auf und passe mich ihrem Rhythmus an.

Irgendwann nachts wache ich auf. Joan liegt schlafend neben mir. Ihr Atem geht ganz gleichmäßig und ab und an huscht ein Lächeln über ihr Gesicht. Was würde ich jetzt alles dafür geben um zu erfahren, was sie gerade träumt oder besser noch, von wem sie gerade träumt. Ich schaue an mir hinunter, sehe meinen nackten Körper und auf einmal schäme ich mich. Wie konnte ich ihre hilflose Lage nur so ausnutzen? Klar, irgendwie war ja Joan die treibende Kraft gewesen. Aber hätte ich nicht widerstehen müssen?

Langsam und ganz behutsam stehe ich auf und gehe in die Küche. Es ist vier Uhr. Wenn ich jetzt zu Hause wäre und nicht schlafen könnte, würde ich laufen gehen. Aber ich bin hier bei Joan. Ich schaue mich um und entdecke auf einem kleinen Regal eine Dose mit Kaffeepulver. Also nehme ich mir eine Tasse aus dem Schrank und mache mir einen schönen starken Kaffee.

Tausende Gedanken schwirren in meinem Kopf umher, während ich an meinem Kaffee nippe. Irgendwann muss ich doch eingeschlafen sein, denn ein leises Klappern lässt mich hochschrecken. Von der gesenkten Haltung am Küchentisch, schmerzen meine Knochen und ich spüre deutlich die Verspannung in meiner Schulter und Nacken. Als ich aufblicke entdecke ich Joan am Herd. Sie trägt nichts weiter als einen String und ein knappes Shirt. Sehr sexy und jede ihrer Bewegungen ist sehr verführerisch. Fiona hatte das manchmal auch getan, weil sie genau wusste, dass mich so ein Anblick schier um den Verstand bringt.

Amüsiert beobachte ich Joan, wie sie Eier in eine Pfanne schlägt und Gewürze dazu gibt. Welche genau, kann ich nicht erkennen, aber es ist auch nicht wichtig für mich. Ich höre das Zischen des heißen Fettes. Joan schiebt zwei Scheiben Brot in den Toaster und dreht sich zu mir um. Erschrocken zuckt sie zusammen, als sie bemerkt, dass ich wach bin.

„Guten Morgen.", sage ich lächelnd, aber mit heiserer Stimme zu ihr.

Mein Hals ist völlig ausgetrocknet und fühlt sich rau an.

„Warum hast du hier am Tisch geschlafen?"

Musternd sieht sie mich an.

Ich stehe auf, gehe an ihr vorbei an die Spüle und nehme dabei ihren Geruch wahr. Es ist ein Hauch von Parfum gemischt mit ihrer Weiblichkeit. In einem Zug leere ich mein Glas Leitungswasser und berichte ihr dann, dass ich einfach nicht mehr schlafen konnte und dass mich dann doch scheinbar der Schlaf eingeholt hat. Von meinen Gedanken und Grübeleien erzähle ich ihr aber nichts. Sie scheint mit meiner Erklärung zufrieden zu sein und widmet sich wieder der Zubereitung des Frühstücks.

Während des Frühstücks reden wir beide kaum ein Wort. Die Stille, die uns umgibt, ist kaum erträglich. Trotzdem wage ich es nicht, zu sprechen. Es schweben so viele Fragen in der Luft und doch spricht keiner von uns beiden sie an. Nach einer Weile fasse ich all meinen Mut zusammen, räuspere mich und frage, wann Joan denn die Jungs zurückerwartet. Wie aufs Stichwort klingelt es plötzlich an der Türsturm, noch bevor Joan antworten kann.

Hektisch steht sie auf.

„Kannst du bitte öffnen? Ich zieh mir schnell noch was über."

Ohne meine Antwort abzuwarten, verschwindet sie im Kinderzimmer der Jungs, in dem sich scheinbar ihr Kleiderschrank befindet. Ich drücke auf den Türsummer und schon hört man die eiligen Schritte und Stimmen von Max und Tim. Innerlich bin ich total aufgewühlt, denn ich freue mich wirklich die zwei wiederzusehen. Als sie mich entdecken, springen sie mir sogleich in die Arme. Als ich aufblicke, steht mir eine Frau im reiferen Alter gegenüber und schaut mich skeptisch an. Schwer zu schätzen, wie alt sie ist. Ich tippe auf Mitte fünfzig. Sie ist so groß wie Joan, hat aber eher eine rundliche Figur. Ähnlichkeiten sind kaum vorhanden, doch ihre Augen verraten alles. Ich begrüße sie freundlich und stelle mich ordnungsgemäß vor.

Noch immer schaut sie misstrauisch, nickt mir aber zu und betritt die Wohnung ihrer Tochter. Joan kommt förmlich angeschwebt und begrüßt die drei. Danach bittet sie ihre Mutter ins Wohnzimmer und bietet ihr einen Kaffee an. Ich spüre deutlich die Spannung zwischen den beiden Frauen und würde mich am liebsten in Luft auflösen. Da kommt mir der rettende Gedanke: Die Jungs. Also gehe ich zu ihnen ins Kinderzimmer und wir bauen unseren Flughafen weiter aus.

Später, als ich wieder ins Wohnzimmer gehe, ist von den beiden Frauen weder etwas zu sehen, noch ist ein Ton zu hören. In der Küche finde ich dann Joan. Sie sitzt völlig in sich zusammengesunken am Küchentisch, den Kopf auf ihre Arme gelegt.

Weint sie?

Vorsichtig näher ich mich ihr und lege meine Hand auf ihre Schulter. Mit glasigen Augen schaut sie mich an. Ja, sie hat eindeutig geweint. Ich schaue mich um. Nirgends ist eine Spur von Joans Mutter.

„Sie ist gegangen."

Ich suche Antworten in Joans Gesicht, aber ich kann sie nicht finden. Joan muss mir meine Verwirrung ansehen, denn sie antwortet matt: „Meine Schwester hat ihr gesteckt, dass ich früher abgereist bin und deshalb ist sie halt der Meinung, dass ich selbst auf die Jungs achten kann. Die zwei sind ihr eh zu anstrengend und da ist sie halt froh, sie wieder los zu sein."

Am Ende ihrer Ausführungen zuckt Joan resigniert mit den Schultern.

„Verstehe.", ist das einzige, was ich mit gesenktem Kopf zu ihr sagen kann.

Schweigend sitzen wir am Küchentisch. Geschrei ist aus dem Kinderzimmer zu vernehmen. Dann herrscht wieder Ruhe. Kurze Zeit später kommen auch schon Max und Tim in die Küche gestürmt. Wie angewurzelt bleiben beide im Türrahmen stehen.

„Wo ist Oma?", will Max sogleich wissen.

Wieder füllen sich Joans Augen mit Tränen, die sie aber schnell wieder wegblinzelt. Sie ruft Max zu sich auf den Schoß. Liebevoll streichelt sie über seine Haare.

„Ach, weißt du Schatz, Oma musste ganz schnell weg, sie hat etwas sehr Wichtiges vergessen und hatte es daher sehr eilig."

„Aber sie hätte doch wenigstens Tschüss sagen können!", mault Max weiter.

„Da gebe ich dir Recht, das hätte sie tun müssen. Aber Oma ist halt Oma."

Joan seufzt tief.

„Aber sie hat euch lieb."

Tim ist nun auch zu uns gekommen und ich nehme ihn auf meinen Schoß.

„Machst du heute wieder was Schönes mit uns?"

Hoffnungsvoll sieht er mich an.

„Weißt du Tim, ich habe meinem Neffen Maurice schon versprochen, ihm beim Umbau von seinem Zimmer zu helfen."

Augenblicklich schaue ich in zwei so traurige Kinderaugen, wie ich sie noch nie gesehen habe.

„Aber, wenn ich es mir recht überlege, könntet ihr ja vielleicht mitkommen. Da gibt es ein kleines Mädchen, namens Kimberly. Mit ihr könnt ihr bestimmt spielen."

Aufgeregt rutscht Tim auf meinem Schoß hin und her.

„Oh ja, Mama, fahren wir mit? Bitte, bitte!"

„Ach, ich weiß nicht."

Unschlüssig, was sie von meinem Vorschlag halten soll, schaut sie mich an.

„Also ich finde die Idee immer besser! Die Kinder könnten zusammen spielen und ich wette, dass du dich gut mit meiner Schwägerin Michelle verstehen wirst."

„Meinst du wirklich? Denn ich möchte mich nirgends aufdrängen oder so."

„Hey, das tust du nicht. Wirklich! Es wird dir gefallen, davon bin ich überzeugt."

Eine Stunde später lenke ich meinen Land Rover auf meinen Stammparkplatz vor Kevins Garage. Ich steige aus, laufe ums Auto herum und öffne Joan die Tür. Während der ganzen Fahrt hat sie kaum ein Wort gesprochen.

„Hey, du wirst sehen, es wird toll werden. Und wenn nicht, bringe ich euch sofort wieder nach Hause. Versprochen!"

Gemeinsam gehen wir zur Haustür. Gerade als ich klopfen will, reißt auch schon Kimberly die Tür auf.

„Wer ist das denn?", fragt sie neugierig, ohne *Hallo* zu sagen.

„Hallo Kimberly! Das ist meine Freundin Joan und ihre Söhne Max und Tim."

Ich deute auf das kleine Mädchen im Türrahmen.

„Joan, Max, Tim, das ist meine Nichte Kimberly."

Dann wende ich mich wieder Kimberly zu.

„Max und Tim würden heute gerne mit dir spielen."

Noch bevor Kimberly etwas antworten kann, erscheint Michelle hinter ihr und bittet uns alle vier höflich ins Haus. Ich mache alle miteinander bekannt und sofort sind alle Barrikaden gebrochen. Kimberly rennt mit Max und Tim los, um den beiden ihr Zimmer und ihre Spielsachen zu zeigen. Nachdem ich mich vergewissert habe, dass Michelle und Joan auch ohne mich zurechtkommen, gehe ich zu Maurice ins Dachgeschoß.

„Hi Kumpel! Sorry, ist etwas später geworden."

Maurice, der gerade angefangen hat, die Wand gegenüber der Fensterfront in einem dunklen Rot zu streichen, zuckt nur mit den Schultern.

„Schon okay, Hauptsache du bist überhaupt da! Wenn es okay ist, könntest du eine der anderen Wände schon mal anfangen zu streichen. Da hinten steht die Farbe."

„Ai ai Sir!", erwidere ich lachend und öffne den Farbeimer.

„Gelb?!", sage ich halb fragend, halb erstaunt.

„Ja, nur die Wand hier soll rot werden, der Rest gelb."

„Oh, okay."

Sicher hat Michelle bei der Farbzusammenstellung geholfen. Wenn dem so ist, wird es sicher mal großartig ausschauen.

„Wow, sieht das cool aus!"

Veronique steht völlig begeistert in der Tür.

„Ach ja, Mum schickt mich, ich soll euch sage, dass das Essen fertig ist."

„Okay, ist gut. Wir sind auch gleich fertig. Sei so gut und sage ihr bitte, wir werden in zwanzig Minuten da sein."

Als wir runterkommen, sitzen schon alle am Tisch. Maurice begrüßt Joan und die Jungs. Während er sich hinsetzt, zwinkert er mir zu. Da ich nicht weiß, was ich dazu sagen soll oder wie ich reagieren soll, tue ich so, als ob ich diese Geste gar nicht wahrgenommen habe.

Nach dem Essen wende ich mich an Joan.

„Ist es okay für dich, wenn wir jetzt im Babyzimmer weiterarbeiten oder soll ich euch erstmal nach Hause bringen?"

Erschrocken blicken Max und Tim auf.

„Naja, eigentlich hat mich Michelle gefragt, ob wir noch mit in den Park kommen wollen. Und naja, ich habe auch schon zugesagt."

Zufrieden lächle ich Joan an und nicke. Ich freue mich wirklich, dass sie es nicht zu bereuen scheint, dass sie mitgekommen ist.

Als ich das Babyzimmer betrete, traue ich meinen Augen kaum. An allen gestrichenen Wänden sind zarte Bleistiftzeichnungen zu erkennen. Seegras, Seesterne, Fische, ein Krake, ein kleiner Delfin, lustige Seepferdchen, ein dicker Wal und sogar ein gesunkenes Piratenschiff – all dies schmückt nun die aquablauen Wände. An der Decke sind Wellen eingezeichnet.

Maurice erscheint hinter mir mit verschieden Pastellfarben in kleinen Töpfchen und diversen Pinseln.

„Das hat Mum heute Morgen gezeichnet."

Stolz blickt er sich um.

„Sie sagt, beim Ausmalen können wir uns kreativ völlig entfalten."

Den ganzen Nachmittag sind Maurice und ich damit beschäftigt, die Bilder auszumalen, die Michelle so liebevoll an die Wand gezaubert hat. Im Haus ist es ruhig und auch Maurice und ich hängen jeder seinen Gedanken nach. Meine Gedanken kreisen um Kevin. Wo er wohl stecken mag? Am meisten beschäftigt mich aber die Frage, ob er sich wirklich darüber im Klaren ist, was er alles riskiert und was er Michelle und den Kindern mit seinem Verhalten antut?

Maurice bricht als erster das Schweigen.

„Deine Freundin ist echt hübsch."

Verwundert sehe ich ihn an.

„Ja, das ist sie. Aber sie ist nicht so richtig meine Freundin."

Maurice schaut mich schweigend an. Dann nickt er.

„Ich wünsche dir viel Glück, Onkel Anthony! Das wird schon werden!"

Mittlerweile ist es schon fast dunkel draußen geworden. Im Erdgeschoss sind Kinderstimmen zu hören. Diese kommen eilig die Treppen hinaufgerannt. Staunend bleiben die Kinder im Türrahmen stehen.

„Wow, sieht das aber cool aus!"

Max ist total begeistert.

Nun betreten auch Michelle und Joan das Babyzimmer. Michelle bleibt wie angewurzelt stehen und hält sich eine Hand vor den Mund, als wolle sie einen Schrei unterdrücken. Eine Träne schlängelt sich ihren Weg hinunter über ihre Wange. Erschrocken schaue ich sie an und erkundige mich sogleich, ob wir etwas falsch gemacht haben.

„Nein, nein, es sieht perfekt aus. Wirklich. Oh Mann, ich weiß gar nicht, was ich sagen soll."

Völlig euphorisch umarmt sie erst Maurice und fällt dann auch mir um den Hals.

Nun müssen nur noch die Möbel aufgestellt werden und dann ist das Projekt Babyzimmer beendet. Daher erkundige ich mich, wo sich die Möbel befinden.

Während Joan und Michelle das Abendessen vorbereiten, sitzen die Kinder vor dem Fernseher und schauen sich einen Märchenfilm an. Maurice und ich schleppen die auseinandergenommenen Möbelteile vom Keller ins Babyzimmer, lösen die Schutzfolien wieder vom Fußboden und beginnen dann mit dem Zusammenschrauben der Möbel.

Pünktlich, als Kimberly uns zum Abendessen ruft, sind auch alle Möbelstücke zusammengebaut. Es gibt an der

Wand eine freie Stelle ohne Zeichnungen. Dort stellen wir den Kleiderschrank auf.

Danach gehen wir erst einmal ins Erdgeschoß und setzen uns zu den anderen an den Esstisch. Es gibt belegte Brote mit Salami, Schinken und Käse. Auf manchen sind dünne Scheiben Ei, auf anderen Gurke, Tomate, Radieschen oder etwas Salat. Alles ist mit sehr viel Liebe zubereitet, das sieht man gleich und sieht wirklich sehr köstlich aus. Während des Essens berichten Max, Tim und Kimberly was sie alles im Park erlebt haben, wie sie Federball gespielt haben und einer Tanzgruppe beim Proben zugesehen haben. Veronique ist heute irgendwie still. Das kenne ich normal gar nicht von ihr, traue mich aber auch nicht nachzufragen.

Später zeigt uns Michelle, wo die anderen Möbel ihren Platz haben sollen. Alles ist genau geplant, wie sich jetzt herausstellt. Links neben dem Kleiderschrank sind bogenförmig Wasserpflanzen platziert. Dort soll die Wickelkommode stehen. Sie ist quasi gebettet in einem grünen Meer von Pflanzenhalmen. Über ihr schwimmt munter ein kleiner Schwarm bunter Fische. Michelle deutet über die Fische und erklärt, dass sie dort gern das kleine Regal hätte, was ich sogleich an die Wand schrauben. Das Bettchen mit dem hellblauen Himmel und der kleinen Spieluhr hat seinen Platz rechts neben dem Fenster. An die Wand neben der Zimmertür stellen wir ein großes Regal auf, in dem bald Bücher und Spielsachen untergebracht werden. Zum Schluss stellen wir noch einen gemütlich aussehenden Schaukelstuhl auf.

Unsere Arbeit ist vollbracht und es sieht fantastisch aus. Ohne uns selbst loben zu wollen, aber Maurice und ich haben wirklich gute Arbeit geleistet. Nun kann der kleine Mann bald kommen.

Auch Michelle ist mit unserer Arbeit zufrieden und umarmt uns nochmal herzlich als Zeichen ihres Dankes.

„Nun kenne ich das Geheimnis der Stimmen.", flüstert mir Michelle beim Verabschieden ins Ohr.

„Die drei sind echt toll und Joan ist ein echtes Schätzchen. Ich freue mich wirklich sehr für dich!"

Eine Stunde später setze ich Joan und die Jungs vor ihrem Haus ab. Diesmal begleite ich die drei noch mit nach oben. Ich warte im Wohnzimmer, während Joan die Jungs ins Bett bringt. Leise vernehme ich ihren zarten Gesang, als sie ihren Kindern noch ein Einschlaflied vorsingt. Sie hat wirklich eine schöne Stimme. Dann kommt sie zu mir und setzt sich neben mich aufs Sofa.

„Kann ich dir noch irgendetwas anbieten?"

Ich schüttle den Kopf, denn ich habe vor, mich bald auf dem Heimweg zu begeben.

„Danke, dass du uns heute mitgenommen hast."

Joan schaut mir tief in die Augen.

„Ich weiß das echt zu schätzen. Und du hattest Recht, Michelle ist wirklich wundervoll. Und was du da im Babyzimmer vollbracht hast, oh Mann, dafür weiß ich echt keine Worte."

Ich genieße ihr Lob, genauso wie ich ihre momentane Nähe genieße. Joan rückt ein Stück näher an mich heran und wir küssen uns. Es ist ein leidenschaftlicher Kuss und gleichzeitig fühlt er sich irgendwie frei und zwanglos an. Als sich unsere Lippen wieder trennen, schenkt mir Joan ein Lächeln, wie ich es noch nie zuvor bei ihr gesehen habe.

Ich beuge mich vor und flüstere ihr zart ins Ohr: „Ich finde die Zeit mit dir und den Jungs wunderschön und wenn du möchtest, werden wir noch viele solcher Momente zusammen genießen."

Mit diesen Worten stehe ich auf und setze zum Gehen an.

Ich möchte jetzt keine Entscheidung oder Versprechen von ihr, sondern möchte, dass die Zeit uns den Weg weist. In ihren Augen erkenne ich, dass sie versteht, was ich ihr sagen möchte und bin sehr erleichtert darüber. Im Türrahmen drehe ich mich nochmal zu Joan um, die noch immer regungslos auf dem Sofa verweilt.

Ich sende ihr einen Handkuss zu und ziehe dann leise die Tür hinter mir zu.

16.

In der Nacht träume ich wieder von der Frau, nur ist sie diesmal deutlich jünger als in meinen vergangenen Träumen. Vielleicht vierzehn, aber auf keinen Fall älter als sechzehn. Ich sehe sie deutlich vor mir, denn diesmal bin ich nicht sie. Sie hat blondes langes Haar und sitzt in einem dunklen Raum. Die einzige Lichtquelle ist das Flackern des Fernsehers. Dann klingelt ein Telefon. Ich vernehme ihre Stimme und wie sie sagt, sie könne doch aber die Kinder nicht allein lassen. Sie bleibt noch eine Weile stumm am Telefon, hört dem Anrufer am anderen Ende der Leitung zu und legt dann auf. Nach kurzem Zögern steht sie auf und unsere Wesen verschmelzen wieder zu einem. Ich nehme eine Brieftasche und einen Schlüssel vom Tisch und mache mich auf den Weg in die Dunkelheit. Ich laufe zügig die nur notdürftig beleuchtete Straße entlang zu einem Lokal, wo ich schon von einer Frau Mitte zwanzig erwartet werde. Sie ist die Schwester des Mädchens, auf deren Kinder ich jetzt eigentlich in diesem Moment aufpassen sollte. Ich gebe ihr ihre Brieftasche und mache mich eiligen Schrittes auf den Rückweg. Ich laufe den Weg zurück und dann ändere ich meine Richtung. Statt die Straße zurückzugehen, die ich gekommen war, kürze ich über einen düsteren Parkplatz ab. Schon nach wenigen Metern bereue ich meine Entscheidung und meine Schritte werden schneller. Ich höre Geräusche und Stimmen hinter mir. Mein Herz pocht wie wild in meiner Brust und dann holen mich die Stimmen ein.

Ich blicke in sechs finster dreinschauende Augen. Panik breitet sich in mir aus und dann verlasse ich den Körper des

Mädchens und werde wieder zum Beobachter. Ich sehe, dass das Mädchen an den drei Männern vorbei will, aber sie sie einfach nicht vorbeilassen. Die drei sind älter als das Mädchen, Anfang zwanzig schätze ich. Der eine schupst das Mädchen und sie fällt hin. Die Typen lachen und sprechen in einer Sprache, die ich nicht verstehe. Dann drehen sie das Mädchen um und halten sie fest. Ich will mich rühren; eingreifen; schreien, sie sollen aufhören; aber ich bin wie eingefroren, unfähig etwas zu tun. Sie beugen sich über sie und als sie sich wehren will, flüstert der eine ihr etwas ins Ohr. Was, kann ich nicht verstehen. Danach wehrt sich das Mädchen nicht mehr. Sie lässt alles über sich ergehen, wie sie ihre Kleider zerreißen und dann in sie eindringen, vorne und hinten, Sperma und Urin in und an sie spritzen. Leise wimmert sie vor sich hin, Tränen laufen über ihr Gesicht und ich kann nichts tun, kann ihr nicht helfen. Einer nach dem anderen. Immer wieder, wieder und wieder.

  Ich weiß nicht, wie lange das Mädchen diese Qualen über sich ergehen lassen muss. Irgendwann lassen die Typen von ihr. Bevor sie gehen, beugt sich einer von ihnen nochmal über sie, zeigt drohend mit dem Finger auf sie und sagt in gebrochenen Deutsch, dass sie ja die Klappe halten soll. Wenn sie was sagt, finden sie sie, weil sie ja wissen, wer sie ist und wer ihre Familie ist. Wenn sie auch nur ein Wort zu jemanden über dieses Treffen erzählt, werden sie dem Baby, ihrer jüngsten Nichte Lucy, etwas antun. Mit diesen Worten verschwinden sie, lassen mich zurück, denn nun bin ich wieder das Mädchen. Ich fühle mich schwach und sehr schmutzig. Noch eine Weile liege ich reglos da und wünsche mir tot zu sein. Mir tut alles weh und meine Gedanken kreisen und spielen verrückt. Dann rapple ich mich auf und gehe zur Wohnung meiner Schwester zurück. Die Kinder schlafen zum Glück alle drei friedlich. Ich entkleide mich, stopfe meine Sachen in eine Mülltüte und stelle mich unter die Dusche. Lange schrubbe ich meine Haut mit Seife. Ich sehe das Blut, das an meinen Beinen hinabläuft.

Als ich später zusammengekauert auf der Matratze im Kinderzimmer liege, weine und schluchze ich leise vor mich hin. Ich schäme mich so schrecklich. Wirklich schlafen kann ich nicht. Ständig quälen mich meine Gedanken und ich habe Schmerzen im Genitalbereich.

Am nächsten Morgen versuche ich so normal wie immer zu sein. Doch eigentlich muss ich mich nicht richtig verstellen, denn niemand beachtet mich so wirklich. Niemand fragt und ich sage auch nichts.

Nach dem Frühstück mache ich mich auf den Heimweg. Ich sage, ich müsse noch Hausaufgaben zu Hause machen. Dann gehe ich zur Bushaltestelle. Mir tut alles weh und ich blute immer noch. Als der Bus kommt, steige ich ein und setze mich in die letzte Reihe. Die ganze Fahrt über weine ich stumm in mich hinein. Am S-Bahnhof muss ich umsteigen. Als ich den Bahnhof passiere, entdecke ich einen kleinen Reise-Point. Kurz entschlossen gehe ich hinein und kaufe mir zwei Packungen schwarze Haarfärbung. Dann setze ich meinen Weg nach Hause fort.

Ich begrüße meine Eltern, aber sie sind wie immer zu sehr mit sich selbst beschäftigt. Also ziehe ich mich direkt ins Badezimmer zurück. Dort nehme ich die Haarfarbe aus der Packung und versuche alles so gleichmäßig wie nur möglich auf meinem langen blonden Haar aufzutragen. Es gelingt mir erstaunlich gut und eine Stunde später blickt mir ein schwarzhaariges Mädchen mit leeren Augen vom Spiegel entgegen.

Als ich das Badezimmer verlasse, steht mir meine Mutter gegenüber.

„Das Blond hat dir besser gestanden."

Das ist das einzige, was sie zu mir sagt. Sie fragt nicht warum und ich sage auch nichts.

Schweißgebadet schrecke ich aus meinem Traum hoch. Noch immer sind der Schmerz und die Pein des Mädchens präsent. Dieser Traum, der mal wieder so real wirkt, hängt mir nach und wieder frage ich mich, ob es die Frau beziehungsweise das Mädchen wirklich gibt?

17.

☎Ich brauche eine neue Aufgabe. Was genau, weiß ich noch nicht, aber mir schwebt nach Veränderung und auf jeden Fall soll es etwas Sinnvolles sein.

Ich mache gerade Kaffeepause. Im Büro ist heute nur wenig zu tun, also durchforste ich das Internet nach Inspirationen. Da springt er mir förmlich entgegen: Ein Artikel über einen Benefizlauf zu Gunsten krebskranker Kinder, der in sechs Wochen stattfinden soll. Interessiert lese ich den Text und klicke auf das Kontaktformular. Aus einem Impuls heraus fülle ich es aus und schicke es ab. Zufrieden lehne ich mich zurück, schrecke aber gleich wieder hoch. Habe ich mir da nicht zu viel vorgenommen? Immerhin ist der Lauf Anfang Dezember. Andererseits einen Versuch ist es wert. Noch während ich darüber nachdenke und das Für und Wider gedanklich durchspiele, klingelt mein Telefon. Nach dem dritten Klingeln nehme ich den Hörer in die Hand und melde mich. Ich vernehme die Stimme von Kevin. Er klingt sehr merkwürdig. Ob er getrunken hat? Wir reden kurz und machen aus, uns in meiner Mittagspause beim Italiener hier bei mir in der Nähe zu treffen. Dann legen wir auf. Ich schaue auf meine Armbanduhr. Noch zwei Stunden, dann bekomme ich vielleicht endlich Antworten. Ich habe so viele Fragen an Kevin, da gibt es so viel, was ich nicht verstehe.

Pünktlich halb eins betrete ich das kleine italienische Lokal. Ich entdecke Kevin sofort an einem der hinteren Tische und begebe mich zu ihm. Kevin ist sehr dünn geworden. Er schaut kurz von seinem Aktenordner auf, in dem er gerade blättert, und begrüßt mich über dessen Rand mit einem Nicken. Stumm setze ich mich Kevin gegenüber. Die Kellnerin, eine hübsche junge Italienerin, bringt uns die Karte und nimmt unsere Getränkebestellung auf. Dann verschwindet sie wieder.

Ohne ein Wort zu sprechen sitzen wir eine Weile da. Die Stille ist kaum zum Aushalten. Ungeduldig rücke ich hin und her und durchbreche unser Schweigen mit der Frage, was Kevin denn davon halte, was wir alles in den letzten Tagen bei ihm im Haus geschafft haben.

Er schaut mich an, als ob er erst eben meine Anwesenheit bemerkt hat.

„Nun, um ehrlich zu sein, war ich noch gar nicht zu Hause."

Skeptisch blicke ich ihn an.

„Und wo warst du, wenn ich fragen darf?"

Mein Ton ist schroff, denn ich will ihm zu verstehen geben, dass ich sein Verhalten auf gar keinen Fall gutheißen kann.

Kevin zuckt mit den Schultern, seinen Blick weiß ich nicht zu deuten.

„Ich brauchte ein paar Tage für mich. Deshalb habe ich auch einen Auftrag außerhalb der Stadt angenommen. Ich muss hier noch was regeln, dann fahre ich wieder."

Kevin lehnt sich auf seinem Stuhl zurück.

„Mit Michelle habe ich jeden Tag telefoniert. Sie hat mir erzählt, dass ihr das Babyzimmer fertig habt und dass der Dachboden Form annimmt. Naja, ich werde es ja nachher sehen, wenn ich nach Hause fahre."

Die Kellnerin erscheint an unserem Tisch und stellt jedem sein Getränk hin. Wir bestellen unser Essen und dann eilt sie auch schon wieder zum nächsten Tisch.

Ich trinke von meiner Cola und schaue meinem Bruder direkt in die Augen.

„Warum wolltest du mich treffen, Kevin?"

„Hey, du bist mein Bruder, ich..."

Durch ein lautes Räuspern unterbreche ich ihn und schaue ihn missbilligend an.

„Okay, okay, ich wusste einfach nicht wohin. Ich meine, du bist der einzige, der bescheid weiß, dem ich vertraue und so. Ich hatte viel Zeit in den letzten Tagen zum Nachdenken, aber je mehr ich nachdenke, desto verwirrender ist einfach alles für mich."

Nervös fährt sich Kevin mit beiden Händen durch sein immer grauer werdendes, schütteres Haar.

„Ich habe mit Elli gesprochen, aber das hat mich nicht wirklich weitergebracht. Denn garantiert waren es wieder nur Lügen oder Halbwahrheiten und jede Menge Ausflüchte, die sie mir aufgetischt hat. Das einzige, wo sie mir sicherlich die Wahrheit gesagt hat, ist, dass dieser Ramon schon übernächstes Wochenende zu ihr kommt."

Kevins Blick verfinstert sich.

„Naja, eigentlich hatte sie auch gar keine andere Wahl, als es mir zu sagen, weil ich ja normalerweise am Wochenende immer bei ihr bin. Ha, stell dir mal vor, ich wäre da aufgekreuzt, wenn der Typ da wäre. Das Gesicht hätte ich echt gern gesehen."

Kevins Mimik ist sehr verbittert, aber es spiegelt sich noch etwas anderes darin. Was ist es? Ekel? Nein, eher Panik.

„Ich weiß einfach nicht, wo mir der Kopf steht. Ich habe das Gefühl, ich werde sie verlieren und damit komme ich einfach nicht klar."

Kevin hält inne, als uns die Pizza serviert wird und spricht erst weiter, als sich die hübsche Italienerin wieder von unserem Tisch entfernt hat und außer Hörweite ist.

„Schau, Anthony, es ist so, ich muss irgendwie einen Weg finden, mein Leben wieder zu bekommen. Und wenn das nicht geht, dann will ich ein anderes, aber so einen Dazwischenzustand, wie ich ihn momentan habe, geht einfach nicht. Alle wollen sie hundert Prozent Kevin. Michelle, die Kinder, die Arbeit. Aber ich bin einfach nicht mehr ganz. Ich hoffe, ich packe das in der Auszeit, die ich mir selbst zukommen lassen habe, durch die Baustelle außerhalb. Ich muss es einfach schaffen, wieder zu mir selbst zu finden."

Vielleicht, vielleicht auch nicht. Aber Kevin hat Recht, so geht es einfach nicht weiter. Es ist für mich Ehrensache, dass ich alles in meiner Machtstehende tun werde, um Kevin zu helfen und zu unterstützen. Allerdings bin ich mir nicht sicher, ob er es ohne professionelle Hilfe schaffen kann. Aussprechen tue ich diesen Gedanken aber nicht laut. Das kann ich später immer noch tun. Stattdessen erkundige ich mich, was genau er denn jetzt vorhabe und wann er wieder fahren wird.

Wir reden und reden. Die Atmosphäre ist nun viel entspannter als zu Beginn unseres Treffens. Die Zeit vergeht im Nu und es wird Zeit für mich, wieder ins Büro zurück zu kehren. Ich erhebe mich von meinem Stuhl und richte mich noch einmal direkt an Kevin.

„Du weißt, dass ich immer für dich da sein werde. Egal wann, egal wo, egal wie."

Mit diesen Worten verabschiede ich mich. Und Kevin schickt mir ein dankbares Lächeln hinterher, welches ich aus meinem Augenwinkel wahrnehme.

Zurück im Büro checke ich meine Mails. Noch keine Antwort auf mein Laufkontaktformular. Leicht enttäuscht lehne ich mich zurück. Habe ich wirklich geglaubt, es würde so schnell gehen? Fast muss ich laut loslachen.

18.

Gestern kam endlich meine langersehnte E-Mail. Ich werde also mit der Startnummer sechsundsiebzig am dritten Dezember an den Start gehen. Die ganze Woche habe ich jeden Morgen und Abend trainiert und ich bin sehr zuversichtlich, dass ich einen guten Lauf ablegen werde.

Während ich jetzt an den Lauf denke, bin ich auf dem Weg zu Joan. Gemeinsam wollen wir wieder zu Michelle fahren. Die beiden Frauen haben sich verabredet, etwas mit den Kindern zu unternehmen und ich habe vor, mit Maurice das Projekt Dachboden abzuschließen. An unserem Ziel angekommen, begrüße ich kurz Michelle und die Kinder und gehe dann direkt zu Maurice hinauf auf den Dachboden. Die Wände sind alle fertig gestrichen. Heute wollen wir die Möbel aufstellen. Gemeinsam schleppen wir die einzelnen Teile nach oben, breiten die Montageanleitung aus und beginnen wortlos mit dem Zusammenbau der Schrankwand. Nach und nach stehen alle Möbelstücke an ihren vorgesehenen Platz und gegen Einbruch der Dunkelheit ist das Zimmer fertig eingerichtet und schon ein Teil der Umzugskisten ausgepackt.

Zufrieden gehen wir ins Erdgeschoß. Hochkonzentriert sitzen dort Max, Tim, Veronique und Kimberly am Esstisch und basteln Kastanienmännchen. Michelle und Joan hantieren in der Küche. Ich geselle mich zu den zwei Frauen und schaue ihnen zu, wie sie das Abendessen vorbereiten. Lächelnd lehne ich im Türrahmen, denn bisher hat mich keine von beiden entdeckt. Sie wirken so entspannt und kichern ab und an wie zwei junge Schulmädchen. Leider kann ich nicht verstehen, worüber sie reden, daher klopfe ich sanft an das Holz des Türrahmens, um die zwei nicht zu erschrecken.

Beide drehen gleichzeitig den Kopf zu mir und lächeln mich breit an. Noch bevor ich etwas sagen kann, stürmt auch schon Maurice an mir vorbei.

„Mum, das musst du dir unbedingt ansehen. Komm!"

Mit diesen Worten zieht er seine Mutter mit sich nach oben. Wie auf Kommando folgen ihnen alle augenblicklich ins Dachgeschoss und schauen sich bewundernd um. Das Zimmer ist auch wirklich klasse geworden. All die Arbeit hat sich absolut gelohnt.

Während des Abendessens erzählt Michelle von einem kleinen Freizeitpark, ganz in der Nähe, der nur noch dieses Wochenende geöffnet hat und zu dem sie nur zu gerne fahren würde. Da Michelle auf Grund ihrer fortgeschrittenen Schwangerschaft nicht mehr selbst Auto fahren möchte und Kevin nicht da ist, braucht sie mich als Fahrer. Hoffnungsvoll schaut sie mich an.

Ich bin völlig hin und her gerissen, denn eigentlich konnte ich meiner Schwägerin noch nie einen Wunsch abschlagen. Auf der anderen Seite würde ich natürlich auch gerne mal wieder Zeit mit Joan und den Kindern verbringen. Aber drei Erwachsene und fünf Kinder passen einfach nicht ins Auto, das kann man drehen und wenden wie man möchte.

„Naja, war ja auch nur so eine Idee.", meint Michelle mit traurigem Unterton in ihrer Stimme, da ich nicht gleich antworte.

„Oh, das ist okay! Anthony bringt uns einfach nach Hause und dann kann er mit euch doch morgen dorthin fahren. Ich bin da auch nicht sauer oder so. Mir fällt schon was Schönes ein, was ich mit Max und Tim unternehmen kann, also macht euch da mal gar keine Gedanken um uns!", meldet sich nun auch Joan zu Wort.

Ich blicke von Michelle zu Joan und wieder zurück.

„Nein, fahrt doch!"

Maurice überschlägt sich fast mit seinen Worten.

„Ich habe eh keine Zeit für so was. Und wenn ihr alle aus dem Haus seid, kann ich in aller Ruhe die restlichen Kisten ausräumen. Und außerdem muss ich auch noch für Chemie büffeln."

Um seinen Worten Nachdruck zu verleihen, erhebt er sich und vermittelt somit, dass alles gesagt ist.

„Oh cool! Können dann Max und Tim dann heute bei mir übernachten? Oh bitte, Mami."

Erwartungsvoll schaut Kimberly ihre Mutter an.

„Von mir aus schon, aber natürlich muss das Joan entscheiden."

Joan schaut ratlos.

„Eigentlich ist die Idee wirklich gut", ereifert sich Michelle augenblicklich. „Dann spart ihr euch die hin und her Fahrerei. Die Jungs können auf Luftmatratzen bei Kimberly übernachten und du mit Anthony im Gästezimmer. Alternativ, wenn du das nicht möchtest, quartieren wir Anthony grad aus. Dann soll er auf dem Sofa im Wohnzimmer schlafen!", fügt sie mit einem Zwinkern hinzu.

Ich tue empört, muss aber sogleich loslachen. Alles ist wieder entspannt und diese heitere Atmosphäre tut wirklich gut.

Später, als Joan und ich eng aneinander gekuschelt nackt im Gästezimmerbett liegen, streichle ich sanft über ihren Rücken. Sie schnurrt wie ein Kätzchen und ich genieße es zu spüren, wie sie eine Gänsehaut nach der anderen bekommt. Ich fahre mit meinen Fingerspitzen über ihr Schulterblatt, die Wirbelsäule hinunter und als ich gerade sanft ihren Po berühre, dreht Joan sich abrupt zu mir um.

„Sag mal, was ist eigentlich mit deinem Bruder?"
Irritiert schaue ich sie an.
„Na, ich weiß nicht, er ist ja irgendwie nie da. Und Michelle wird immer gleich traurig, wenn man nach ihm fragt oder wenn sie etwas über ihn erzählt. Ich traue mich da einfach nicht weiter nach zu haken, nicht, dass ich wieder ein Fettnäpfchen erwische, wie bei dir neulich."

Ernst blicke ich Joan an und wähle gründlich meine Worte, denn ich möchte Kevin nicht in ein falsches Licht rücken. Plötzlich ist es mir sehr wichtig, dass Joan gut von ihm denkt. Also erzähle ich ihr, dass Kevin zurzeit eine Baustelle außerhalb der Stadt hat und dass ich glaube, dass er momentan eine Lebenskrise hat, weil er Angst hat, niemandem gerecht werden zu können. Weiter erzähle ich ihr, dass ich mir sehr sicher bin, dass er diese bald meistert und dass mein Bruder Michelle und die Kinder über alles liebt. Alles entspricht der Wahrheit, nur lasse ich das Detail über diese andere Michelle aus.

Am nächsten Morgen fahren wir gleich nach dem Frühstück los. Die Kinder sind so aufgeregt, dass sie alle vier ununterbrochen die ganze Autofahrt über reden. Sie machen Pläne, mit was sie alles fahren wollen und wer dann neben wem sitz.

Der Freizeitpark ist wirklich schön. Heute ist ein sonniger Herbsttag. Trotzdem sind nicht allzu viele Familien hier, sodass keines der Kinder irgendwo lange anstehen und warten muss. Die Kinder haben jede Menge Spaß und der Tag vergeht wie im Flug. Auf der Heimfahrt ist es sehr ruhig im Auto. Alle Kinder sind vor Erschöpfung eingeschlafen und sogar Michelle und Joan schlummern friedlich. Ich genieße die Ruhe, genauso wie ich den heutigen Tag genossen haben. Wie gut es sich angefühlt hat, mit Joan Hand in Hand zu gehen. Und ich muss zugeben, es war herrlich, die neidvollen Blicke der anderen Männer zu spüren.

Ich parke Kevins Wagen vor Joans Haus und schalte den Motor ab. Wie auf Kommando wacht Michelle neben mir auf.

„Wir sind da. Bleib ruhig sitzen, ich bring die drei nur schnell noch nach oben!", flüstere ich ihr zu und steige aus dem Wagen.

Zart streiche ich über Joans Wange und küsse sanft ihre Nasenspitze, bis auch sie die Augen öffnet. Gemeinsam wecken wir Max und Tim.

Nachdem ich mich von ihnen verabschiedet habe, kehre ich zum Auto zurück und ich fahre Michelle und die Mädchen nach Hause. Auf der Fahrt schaut Michelle gedankenverloren aus dem Fenster.

„Also, ich fand es echt schön heute!", beginne ich die Stille zu durchbrechen.

Michelle dreht den Kopf zu mir, eine Träne kullert über ihre Wange, die sie sofort wegwischt. Aber ich habe sie gesehen.

„Hey Kleines."

Liebevoll drücke ich ihre Hand.

„War ein anstrengender Tag für dich."

Natürlich ahne ich, was sie wirklich bedrückt, aber ich gehe lieber nicht darauf ein. Wenn sie mit mir darüber reden wöllte, würde sie es schon tun, versuche ich mich innerlich selbst zu beruhigen.

Nachdem ich das Auto wieder in der Garage geparkt habe, wende ich mich Michelle zu, die den ganzen restlichen Weg geschwiegen hat.

„Du weißt, dass ich immer für dich da bin und wenn du reden möchtest, habe ich immer ein offenes Ohr für dich. Ein Anruf genügt und ich bin in null Komma nix bei dir."

Mit diesen Worten steige ich aus. Ich möchte keine Antwort von ihr, ich möchte nur, dass sie weiß, dass ich für sie da sein werde.

Wir wecken die Mädchen und gehen dann ins Haus.

Bevor ich wieder nach Hause fahre, schaue ich nochmal bei Maurice rein, um mich auch von ihm zu verabschieden. Alle Kisten sind nun fertig ausgeräumt. Maurice war wirklich fleißig. Als er mich erblickt, steht er von seinem Schreibtisch auf und kommt zu mir.

„Danke nochmal, Onkel Anthony! Ohne dich hätte ich das alles nicht geschafft."

Kameradschaftlich klopfe ich meinem Neffen auf die Schulter und versichere ihm, dass es mir ein Vergnügen war, dass ich helfen durfte. Dann mache ich mich auf den Heimweg.

19.

Es ist ein merkwürdiges Gefühl. In den letzten Wochen war jedes meiner Wochenenden so ausgeplant, dass ich nie auch nur das geringste Gefühl von Langeweile verspürt habe. Nun ist es Freitagabend und ich weiß nichts so recht mit mir anzufangen. Klar könnte ich zu Michelle und den Kindern fahren. Aber weiß ich denn, ob nicht vielleicht Kevin zu Hause ist? Nein, dieses Risiko möchte ich wirklich nicht eingehen. Sie sind in letzter Zeit so wenig als komplette Familie zusammen gewesen, da möchte ich auf gar keinen Fall reinplatzen und stören.

Ich denke an Joan, die mit ihren Kindern dieses Wochenende wieder zu ihrer Schwester Vanessa fahren wollte. Ob sie wohl diesen Ole wiedertrifft? Mich überkommt Eifersucht. Am liebsten hätte ich Joan sofort angerufen, um zu erfahren, wo sie ist. Aber dieses Recht steht mir leider nicht zu.

Kurz entschlossen wähle ich die Nummer meines Vaters und kündige meinen Besuch für morgen an. Nachdem ich wieder aufgelegt habe, greife ich mir die Fernbedienung. Gerade als ich den Fernseher einschalten will, klingelt es an meiner Tür.

Besuch so spät? Sicher hat jemand ausversehen meinen Klingelknopf betätigt. Ich beschließe nicht nachzusehen und lehne mich wieder zurück.

Es klingelt erneut, diesmal länger. Okay, scheinbar doch kein Versehen. Ich erhebe mich und schlurfe zur Wohnungstür. Als ich diese öffne, traue ich meinen Augen kaum, denn ich blicke in sechs braune, mandelförmige Augen. Ein Grinsen breitet sich auf meinem Gesicht aus und ich schließe Max und Tim sogleich in meine Arme. Erst jetzt wird mir so richtig bewusst, wie sehr ich die beiden vermisst habe und Joan natürlich auch. Ich bitte sie rein und küsse Joan zärtlich.

Fragend schaue ich Joan an.

„Was soll ich sagen? Die Jungs wollten nicht zu Tante Vanessa, sondern lieber zu dir. Und mir ist da halt auch bewusst geworden, dass mich dahin einfach nichts mehr zieht und auch ich lieber bei dir sein möchte."

Joan stockt.

„Oh Gott, ich hätte lieber vorher anrufen sollen, sicher hast du schon was vor..."

Ich unterbreche Joan, indem ich ihr einen langen, intensiven Kuss gebe und garantiere ihr dann, dass sie mir keine größere Freude hätte machen können, als mich mit ihrem Besuch zu überraschen.

Am nächsten Morgen beim Frühstück erkundigt sich Max, was wir denn heute wieder tolles unternehmen. Schlagartig fällt mir wieder der Besuch bei meinem Vater ein.

„Heute? Hmm, lass mich mal überlegen. Ich glaube, ich habe da eine Idee. Wie wäre es, wenn ich euch heute mal zeige, wo ich aufgewachsen bin?"

Joan blickt ungläubig. Also erzähle ich ihr von meinem Vorhaben, meinen Vater heute zu besuchen und versichere ihr, dass es mir eine Ehre wäre, wenn sie und die Jungs mich dorthin begleiten würden. Da Max und Tim beide Feuer und Flamme sind, stimmt Joan skeptisch zu. Aufmunternd lächle ich ihr zu und erkundige mich dann, was Max in der Schule und Tim im Kindergarten erlebt haben. Beide erzählen von ihrer Woche und ich berichte von dem Lauf im Dezember, zu dem ich mich angemeldet habe. Beide sind überraschend interessiert und fragen mich alle möglichen Sachen über den Lauf.

„Und wann übst du zu laufen?", will Tim wissen.

Also berichte ich, dass ich jeden Morgen und Abend im Park laufen gehe.

„Und was ist mit heute?"

Liebevoll struwble ich Tim durchs Haar und erkläre, dass ich heute mal das Training ausfallen lasse, weil ich ja Besuch habe.

Joan verdreht die Augen.

„Na klasse, Anthony, erst überfallen wir dich hier einfach und dann bringen wir auch noch deinen ganzen Rhythmus durcheinander."

„Hmm, nicht unbedingt", erwidere ich breit lächelnd.

„Wie wäre es, wenn wir alle zusammen in den Park gehen. Dort ist ein schöner Spielplatz und während ich meine Runden laufe, könntet ihr dort auf mich warten."

Erwartungsvoll schaue ich sie an. Joan nickt zustimmend und die Jungs jubeln vor Freude.

Am Nachmittag machen wir uns zusammen auf den Weg zu meinem Vater. Unterwegs halten wir nochmal an und besorgen einen Kuchen, da Joan darauf besteht, nicht mit leeren Händen zu ihm zu fahren. Während der Fahrt, zeige ich Max und Tim, wo mein alter Kindergarten war und wo ich zur Schule gegangen bin. Ich zeige ihnen die Bäume, auf die ich früher gern geklettert bin und auch den Spielplatz, der einst unser Territorium gewesen war.

Als wir ankommen, wartet mein Vater bereits in der Einfahrt. Falls er überrascht ist, dass ich Besuch mitbringe, lässt er sich das in keinster Weise anmerken, sondern begrüßt die Jungs, als ob sie sich schon immer kennen würden. Joan gibt er einen Handkuss, ganz wie ein Kavalier der alten Schule. Wir treten ins Wohnzimmer ein. Im Haus zieht eine Wolke frisch gebrühten Kaffees entlang. Schnell stellt mein Vater noch drei Gedecke auf den Tisch.

„Nun, Anthony, wo sind eigentlich deine Manieren?"
Verwirrt schaue ich ihn an.

„Nun ja, wann hast du denn endlich vor, mir den Namen deiner liebreizenden Freundin zu verraten und mir diese zwei jungen Herren vorzustellen?"

Lachend stelle ich sie vor und es folgt ein völlig entspannter Nachmittag.

Als wir uns auf den Rückweg machen, ist es bereits dunkel. Ich lenke meinen Wagen zu Joans Wohnung, denn wir haben beschlossen, unseren morgigen Tag von dort aus zu starten. Wohin es gehen soll, wissen wir noch nicht, aber uns wird sicher etwas einfallen.

Im Moment ist das auch nicht wichtig für mich, denn es zählt einfach nur das Hier und Jetzt, das ich in vollen Zügen genieße.

20.

So aufgeregt wie heute war ich schon lange nicht mehr. Ich trete von einem Fuß auf den anderen, während ich im Wettkampfbüro auf meine Anmeldung warte. In nicht mal einer Stunde wird der Lauf beginnen und ich bin so furchtbar nervös. Das Wetter scheint es heute gut mit mir zu meinen, denn es ist erstaunlich mild für Anfang Dezember und was am wichtigsten ist, es ist trocken. Über meine Schulter hinweg kann ich Joan sehen, wie sie mit Michelle und den Kindern hinter dem Absperrband steht. Als sie meinen Blick einfängt, wirft sie mir einen Handkuss zu. Genau dasselbe hätte sicher Fiona auch getan.

Nachdem ich meine Anwesenheit gemeldet habe, laufe ich in Richtung Startlinie. Ich erblicke Kevin und meinen Vater, wie sie Getränke durch die Menschenmenge balancieren. Alle sind sie da, um meinen Lauf zu sehen. Das beflügelt mich noch mehr, mein Bestes zu geben. Alle Zweifel sind nun wie weggeblasen, ich weiß, ich schaffe es und ich weiß auch, dass die Menschen, die mich lieben, stolz auf mich sein werden.

Circa hundert Läufer gehen an den Start. Punkt fünfzehn Uhr fällt der Startschuss und der Lauf beginnt. In diesem Moment gibt es nur mich. Ich nehme weder die kalten Temperaturen, noch die anderen Läufer oder das Publikum wahr. Meine Gedanken wandern zu Fiona. Ich habe das Gefühl, dass sie mir jetzt ganz nah ist. Vor meinem inneren Auge sehe ich ihr atemberaubendes Lächeln, sehe ihre Lippen, wie sie meinen Namen formen. Die kalte Luft brennt in meinen Lungen und meine Muskeln fangen an zu schmerzen. Mein Blick wandert suchend durchs Publikum und bleibt direkt auf Joan haften. Und dann geht alles ganz schnell. Ich überquere die Ziellinie und werde jubelnd von Max und Tim empfangen. Plötzlich sind alle da, die ich liebe und feiern meinen Erfolg. Das ich nur vierzehnter geworden bin, ist ihnen gleich. Für sie bin ich der Held des Tages.

Jetzt nach dem Lauf fühle ich mich glücklich und frei. Gemeinsam fahren wir alle zu meinem Vater nach Hause, wo Joan und Michelle eine kleine Siegesfeier für mich organisiert haben. Die zwei haben wirklich an alles gedacht und während die Kinder im Garten tollen, sitzen wir Erwachsenen drinnen im warmen Haus und plaudern unbefangen miteinander. Als der Moment günstig scheint, ziehe ich Michelle ein Stück auf die Seite und unterbreite ihr die ersten Ideen für Papas siebzigsten Geburtstag. Begeistert hört sie mir zu und auch Joan, die unser Gespräch mitbekommen hat, findet meine Einfälle klasse. Als mein Vater sich zu uns gesellt, wechseln wir augenblicklich das Thema.

Auch Kevin kommt wenig später zu uns. Irgendwas ist merkwürdig an seinem Blick, aber ich weiß ihn, wie schon so oft, nicht zu deuten. Kameradschaftlich legt er mir seinen Arm um die Schulter.

„Anthony, kann ich dich kurz sprechen? Unter vier Augen!"

Gemeinsam gehen wir in den Garten und setzen uns auf die Bank, die unter dem Kirschbaum steht, der um diese Jahreszeit kein Blatt mehr trägt.

„Du hast wirklich gute Arbeit geleistet, bei uns im Haus. Ich meine, wir hätten das alles nicht gepackt, ohne dich."

Stumm schaue ich Kevin an und frage mich, ob er mich wirklich aus dem Grund mir danken zu wollen, alleine hat sprechen wollen.

„Hey und wow, deine Freundin ist echt eine Wucht."

Gerade als ich etwas entgegnen will, bemerke ich, wie sich Kevins Gesichtsausdruck verändert.

„Er war bei ihr..."

Kevin blickt starr geradeaus und ich vermute, er spricht von dieser Elli. In letzter Zeit war sein Blick immer irgendwie leer und schmerzerfüllt, wenn er von ihr geredet hat.

„Mein schlimmster Alptraum wird wahr. Dieser Mistkerl zieht zu ihr. Schon dieses Jahr. In vier Wochen soll es soweit sein. Mann, Anthony, ich weiß einfach nicht mehr weiter..."

Mit blutunterlaufenden, glasigen Augen blickt Kevin mich an.

„Was soll ich denn nun machen?"

Ganz ehrlich: Ich weiß es nicht! Was soll ich ihm schon raten? Von außen wüsste ich sofort, was ich zu tun hätte, aber, wenn man emotional so tief in einer Sache steckt, wie es Kevin sichtlich tut, nutzen keine klugen Ratschläge etwas. Da mir das klar ist, sage ich kein Wort.

Nach dem Abendessen fahre ich Joan und die Jungs nach Hause. Morgen wollen wir wieder zu Michelle fahren, um dort in Ruhe alle Details für den Geburtstag meines Vaters auszuarbeiten. Nachdem die Kinder im Bett sind, setzen Joan und ich uns an den Küchentisch und beginnen schon mal mit dem Zusammenstellen einer Gästeliste. Wir haben vor, erstmal alle möglichen Leute aufzulisten und dann später die Elite der Gäste raus zu picken.

Gegen Mitternacht beschließen wir, es uns auf dem Sofa gemütlich zu machen. Während ich neben Joan liege, nehme ich ihren Duft in mich auf. Leise flüsternd liegen wir neben einander und ich streiche sanft ihre zarte Haut, bis sie eingeschlafen ist. Kurze Zeit später, bin auch ich im Reich der Träume.

Als ich erwache, liegt nicht mehr nur Joan neben mir, sondern in der Nacht müssen sich auch Max und Tim zu uns geschlichen haben, denn beide liegen jetzt bei uns auf dem Sofa. Ein schöner Anblick. Kann man sich in eine ganze Familie verlieben? Ich glaube, ich habe es getan!

21.

Ein schriller Ton lässt mich aus meinen Träumen hochschrecken. Einen Moment brauche ich, um zu realisieren, dass es an meiner Wohnungstür klingelt hat. Verschlafen öffne ich die Tür und erblicke Kevin vor mir. Es ist vier Uhr morgens und ich ahne, dass sein Besuch nichts Gutes verheißen mag. Ohne ein Wort zu sprechen, lasse ich ihn rein und mache uns beiden einen schönen starken Kaffee. Wenn ich um diese Uhrzeit auch nur halbwegs aufnahmefähig und vernünftig denken soll, brauche ich Koffein in meiner Blutbahn. Wir setzen uns an den Esstisch und schweigen eine Weile.

„Ich habe eine Entscheidung getroffen!"

Mit diesen Worten schiebt Kevin mir einen Brief zu. Ich falte ihn auseinander und beginne zu lesen:

Meine liebste Elli!

Lange habe ich überlegt, wie es nun weitergehen soll. Und während ich jetzt diesen Brief schreibe, weine ich Tränen der Sehnsucht und der Verzweiflung. Daher bin ich zu dem einzig logischen Entschluss gekommen, ich muss den unvermeidbaren Schritt wagen, denn du wirst ihn sowieso in 2 Wochen gehen: Lebwohl sagen. Glaub mir eins, es fällt mir so unendlich schwer...

Ich denke oft an unsere Gespräche. Uns hat so viel mehr verbunden, als nur Sex. Und doch weiß ich, du wirst mich und alles was uns verbindet, aus deinem Leben verbannen, meine Nummer wirst du löschen. Tief in meinem Inneren hoffe ich, es ist nicht an dem, aber wir beide wissen, dass ich Recht habe mit meiner Vermutung. Unsere gemeinsame Zeit werde ich nie vergessen und auch du wirst immer ein Teil von mir sein und bleiben.

Es tut mir weh zu erkennen, wie wenig ich, unsere gemeinsame Zeit und auch unsere Freundschaft dir bedeuten...

Du wirst mir fehlen! Als Freundin, als Vertraute, als Geliebte... Wenn ich könnte, würde ich alles dafür tun, damit es nie zwischen uns endet. Aber ich kann es nicht und diese Erkenntnis ist wirklich bitter...

Ich werde dich in meinem Herzen halten und wenn dir danach ist, den Kontakt zu mir zu suchen, wird meine Tür immer für dich offenstehen!

Ich hätte dich gern heute nochmal gesehen, gesprochen und gespürt, aber ein Abschied wäre mir dann zu schwer gefallen...

Auf ewig dein
Kevin

Ich lese das Geschriebene mehrmals und schaue dann Kevin an.

„Du willst das Verhältnis also beenden", stelle ich nüchtern fest.

„Will? Pah, wenn es so einfach wäre. Nein, ich muss! So kann es ja schließlich nicht weitergehen und wenn ich irgendwann mal wieder Ganz sein möchte, ist das der einzige Weg."

Kevin setzt sich gerade hin.

„Aber mal ehrlich, wahrscheinlich würde ich diesen Weg auch gar nicht gehen, wenn dieser Kerl nicht zu ihr ziehen würde. Aber er tut es und alles wird dann so kompliziert. Ich zermartere mir das Hirn, wie ich sie dann noch treffen könnte. Wann und wo. Und dann quälen mich die Gedanken, was die beiden wohl treiben. Dann sind da Michelle und das Baby, das bald geboren wird. Und natürlich noch die anderen Kinder. Wie soll ich mich so einer großen Verantwortung stellen, wenn mein Hirn Brei ist? Ach man, es fällt mir so unendlich schwer, einen klaren Gedanken zu fassen. Und in der einen Sekunde, gibt es keine andere Lösung für mich, als Elli den Brief zu geben und in der nächsten überlege ich, ob ich ihn nicht einfach zerreißen soll."

Kevin vergräbt seinen Kopf in seinen Händen. Stumm sitzen wir beide da. Jeder hängt seinen eigenen Gedanken nach.

Plötzlich erhebt sich Kevin und läuft auf und ab, wie ein Löwe im Käfig.

„Was mach ich nur, was mach ich nur?!"

Mit zusammengekniffenen Augen mustere ich Kevin kritisch. Ich wüsste gerne, wie er sich jetzt wirklich fühlt. Klar, ich ahne es, aber wissen kann ich es doch nicht.

„Wann und wie, willst du ihr den Brief zukommen lassen?"

Abrupt bleibt Kevin stehen und schaut, als ob er daran noch gar nicht gedacht hätte.

„Weißt du was, es war eine doofe Idee. Ich hätte nicht herkommen sollen und auch der Brief. Hey, was soll der denn bringen?"

Wieder läuft Kevin auf und ab.

Kurzentschlossen springe ich auf.

„Weißt du was? Ich fahre dich!"

Verdattert schaut mich Kevin an.

„Na, ist doch ganz klar, wir fahren zu ihr und werfen den Brief ein. Danach gehen wir Frühstücken und feiern deinen Neuanfang!"

Ehrlich gesagt habe ich nicht damit gerechnet, dass Kevin auf meinen Vorschlag eingehen wird, aber er tut es und zwanzig Minuten später sitzen wir in meinem Auto und sind auf dem Weg zu dieser Elli. Die ganze Fahrt über sagt niemand ein Wort und als wir ankommen, sitzt Kevin wie versteinert auf seinem Sitz. Ich finde es wichtig, dass Kevin selbst diesen Brief einwirft. Also bewege ich ihn zum Aussteigen.

Die Briefkästen an der Wand sind nicht beschriftet. Mist! Einen kurzen Augenblick habe ich Angst, dass Kevin das womöglich als Schicksalswink sehen wird und einen Rückzieher macht. Umso erstaunter bin ich nun, als ich erkenne, dass er zur Haustür geht, kurz innehält, die Schultern strafft und dann klingelt. Einen Moment später wird die Tür geöffnet. Eine völlig verschlafen aussehende Frau steht nun

Kevin gegenüber und sieht ihn verdutzt an. Kevin hält ihr den Umschlag hin, den sie irritiert annimmt. Dann dreht sich Kevin mit den Worten: „Ich wusste nicht, welcher dein Briefkasten ist!", um und kommt zum Wagen zurückgelaufen. Bevor er einsteigt, winkt er nochmal kurz unbeholfen. Dann starte ich den Motor und wir sind wieder auf dem Rückweg. Alles ging so schnell und kommt mir irgendwie unwirklich vor. Die ganze Autofahrt über weint Kevin dicke Tränen der Verzweiflung und sicher auch der Wut.

22.

„Wann fahren wir denn endlich?"

„Genau, was dauert denn so lange?"

„Wir verpassen ihn noch und das ist dann alleine eure schuld!"

Max und Tim springen schon den ganzen Morgen ungeduldig um Joan und mich herum und nörgeln vor sich hin.

„Oje, habt doch Geduld. So kenne ich euch ja gar nicht."

Eine Stunde später sitzen wir in meinem Auto und sind auf dem Weg zu meinem Vater.

„Onkel Anthony, wird Kimberly auch da sein?"

Ein Strahlen umspielt Max kleines Gesicht, als ich seine Frage mit „Ja!" beantworte. Der Rest der Fahrt verläuft erstaunlich ruhig. Die Jungs sind zwar immer noch sehr aufgeregt, aber es ist nur ab und an ein Wort von ihnen zu hören. Ich blicke Joan an, die Gedankenverloren neben mir sitzt. Was sie wohl denkt? Sanft streiche ich ihr mit meiner Hand über den Oberschenkel.

An unserem Ziel angekommen, parke ich meinen Land Rover direkt neben dem Van meines Bruders. Mein Vater steht schon an der Tür und erwartet uns. Die Jungs eilen zu ihm, begrüßen ihn herzlich und stürmen dann ins Haus. Joan und ich folgen ihnen und bleiben staunend in der Tür stehen. Im Wohnzimmer steht ein riesiger Weihnachtsbaum, geschmückt mit vielen Lichtern, blau- und goldfarbenen Kugeln. Zwischen goldenem Lametta sieht man kleine Zuckerstangen aufblitzen. Im ganzen Haus riecht es nach Zimt und Bratäpfeln. Und leise verströmt sich die Melodie von *Schneeflöckchen, Weißröckchen* durch den

Raum. Es sieht großartig aus. Genau wie früher, als wir noch Kinder waren.

Vor der Schrankwand steht unser alter Kaufmannsladen aus Holz. Mein Vater scheint ihn neu gestrichen zu haben, denn da, wo letztes Jahr noch die Farbe abblätterte, leuchten jetzt wunderschöne kräftige Farben. Jedes Jahr an Heilig Abend hatten meine Eltern diesen Kaufmannsladen für uns Kinder aufgestellt und die kleinen Fächer und Schubladen mit Köstlichkeiten gefüllt. Kurz nach Silvester verschwand er wieder auf den Dachboden. Aber das war für uns Kinder okay, denn wir wussten ja, dass er nicht für immer weg sein würde. Nun, wo wir Kinder groß sind, stellt mein Vater ihn jedes Jahr für seine Enkelkinder auf.

Auf dem Sofa sitzen Michelle und Kevin. Maurice lehnt lässig im Sessel. Veronique und Kimberly sitzen im Schneidersitz auf dem Boden und schauen dem Flammenspiel im Kamin zu. Das Bild einer glücklichen Familie. Ich umarme Joan und ziehe sie dicht an mich heran.

Wenig später sitzen wir alle im Wohnzimmer um den Weihnachtsbaum herum und singen gemeinsam Weihnachtslieder. Veronique begleitet unseren Gesang am Keyboard. Sie spielt wirklich gut und Max verkündet gleich, dass er auch so ein Instrument lernen will. Die ganze Atmosphäre ist nicht nur weihnachtlich, sondern fühlt sich wunderbar vertraut an.

Dann klopft es lautstark an der Haustür und mit einem Mal sind alle ruhig. Mein Vater öffnet geheimnisvoll die Tür und herein kommt ein kleiner weißbärtiger Mann, mit dickem Kugelbauch, rotem Mantel und einem braunen Sack. Als die Kinder ihn sehen, jauchzen sie vor Freude. Dieser Anblick weckt viele wundervolle Kindheitserinnerungen in mir, denn jedes Jahr an Heilig Abend kam der Weihnachtsmann zu uns und brachte den Kindern viele tolle Geschenke. Doch bevor er uns die Geschenke gegeben hatte, mussten wir immer ein Gedicht aufsagen oder ihm ein Lied vorsingen. Wochenlang vor Weihnachten hatten wir immer die Lieder und Gedichte geübt, damit wir ja den Weihnachtsmann nicht enttäuschen. Und genau wie damals, singen auch heute die Kinder ihre schönsten Lieder für den Weihnachtsmann. Als der Geschenkesack geleert ist, verabschiedet sich der Weihnachtsmann und verspricht den Kindern, im nächsten Jahr wieder zu kommen, wenn sie immer schön artig sind.

„Dürfen wir jetzt?", fragt Kimberly ganz leise ihre Mutter, als die Tür in Schloss gefallen ist.

Michelle lächelt und nickt. Mit einem Schlag herrscht blankes Durcheinander. Die Kinder reißen geräuschvoll ihre Geschenke auf und betrachten, was sie bekommen haben. Ich nestle in meiner Hosentasche und ziehe ein kleines, rubinrotes Etui heraus. Feierlich überreiche ich es Joan. Vorsichtig nimmt sie es entgegen. Sehe ich da eine Träne in ihrem Augenwinkel?

„Max, Tim! Kommt ihr mal?"

Beide lassen augenblicklich ihre Geschenke liegen und stürmen auf ihre Mutter zu. Scheinbar haben sie das vorher schon besprochen, denn die drei tuscheln kurz, dann überreichen mir beide Jungs zusammen ein kleines Päckchen. Dankend nehme ich es entgegen und schon flitzen die zwei wieder zu ihren Geschenken und packen weiter aus.

„Ist ja nur eine Kleinigkeit."

Erwartungsvoll blickt mich Joan an.

„Hey, das ist unfair! Ich habe dir deins zuerst gegeben!", necke ich Joan.

Sie legt den Kopf schräg und betrachtet mich.

„Na gut."

Mit zwei geschickten Handgriffen öffnet sie das Etui. Ihr Blick weitet sich.

„Das kann ich nicht annehmen!"

„Ach nein? Und wieso nicht?"

Ich gehe zu ihr hinüber und helfe ihr beim Anlegen des Silberkettchens. Behutsam berührt Joan mit ihren Fingerspitzen den kleinen zarten Herzanhänger.

„Danke, sie ist wunderschön!"

Ich lächle sie an, küsse sie sanft und widme mich dann meinem Geschenk. Langsam öffne ich den Deckel der Verpackung und schlucke schwer, als ich den Inhalt erkenne. Mit zitternden Händen nehme ich eine Tasse heraus. Auf der einen Seite ist ein Foto von Max und Tim. Unter ihrem Bild steht Für den besten Ersatz-Papa. Auf der anderen Seite ist ein Foto von Joan und die Buchstaben ILD. Ich weiß nicht, was ich dazu sagen soll. Das ist das beste Geschenk, was ich je in meinem ganzen Leben bekommen habe. Ich schließe Joan in meine Arme und während mir eine Träne über die Wange kullert, flüstere ich ihr die Worte ins Ohr, von denen ich dachte, dass ich sie nie wieder sagen oder fühlen würde.

„Ich liebe dich auch."

„Seht mal, mein größter Wunsch erfüllt sich doch noch!", ruft eine völlig überdrehte Kimberly und zeigt aufgeregt in Richtung Fenster.

„Das habe ich mir vom Weihnachtsmann gewünscht!"

Automatisch drehen wir uns alle um. Draußen schneit es dicke weiße Flocken.

„Bitte, Mama, lass uns rausgehen. Ja?"

Michelle streicht über ihren üppigen Bauch und seufzt.

„Ich würde gerne mit den Kindern eine Runde durch den Schnee gehen. Natürlich nur, wenn es dir recht ist!", schalte ich mich sofort ein.

Dankbar lächelt mir Michelle zu und nickt.

Wenig später stapfen Joan und ich Hand in Hand durch den Schnee. Es fühlt sich so gut an, ihre Hand in meiner zu spüren, die so zierlich ist, dass sie fast in meiner Hand verschwindet. Vor uns her toben Maurice, Veronique, Kimberly, Max und Tim. Sie bewerfen sich mit Schneebällen und jauchzen vor Freude. Maurice und Veronique legen sich in den Schnee und machen Schneeengel. Kurz darauf liegen auch Max, Tim und Kimberly im Schnee und machen die Bewegungen nach. Die ganze kalte Winterluft ist erfüllt von Kinderlachen. Es ist wirklich erstaunlich, wie viel es in so kurzer Zeit geschneit hat. Wenn es so weiter schneit, können die Kinder schon morgen einen Schneemann bauen.

Ich habe es schon bildlich vor Augen, wie sie die großen weißen Kugeln vor sich her rollen und anschließend mit vereinten Kräften die Schneekugeln aufeinander heben. Sicher werden sie meinen Vater nach einer Karotte fragen, die dann die Nase sein soll. Und als Augen und Mund nehmen sie Tannenzapfen und kleine Stöcke. Mein Vater gibt ihnen dann sicher auch noch seinen alten Hut. Wie er es früher bei uns getan hatte. Diesen setzen sie dann auf den Kopf des Schneemanns. Oder aber sie bauen eine ganze Schneemannfamilie. Wie auch immer, es wird toll werden.

Als wir zurückkommen, ist es ganz still und dunkel im Haus. Nirgends ist eine Spur von Michelle und Kevin. Nicht mal mein Vater scheint zu Hause zu sein. Panisch wähle ich Kevins Nummer. Die Mailbox springt an. Mist! Bei Michelle dasselbe. Wo sind sie bloß? Auch der Wagen meines Vaters steht nicht mehr in der Garage.

Eine Stunde später klingelt das Telefon. Hektisch hebe ich ab. Es ist mein Vater. Er klingt sehr aufgeregt.

„Oh Anthony, es ging alles so schnell."

Sogleich unterbreche ich ihn.

„Wo zum Henker seid ihr? Und wieso habt ihr keinen Zettel hingelegt?"

„Natürlich hast du Recht, wir hätten euch eine Nachricht hinlegen sollen, aber ich war zu verwirrt und zu aufgebracht, um an so etwas zu denken. Und Kevin natürlich auch. Alles ging so schnell. Verzeih! Michelle hatte plötzlich einen Blasensprung und da mussten wir im Eiltempo in die nächste Klinik fahren. Da Kevin schon Alkohol getrunken hatte, habe ich die beiden hergebracht. Und kaum waren wir angekommen, ging alles auch ganz schnell."

„Was ging schnell?"

Ich verstehe einfach nur Bahnhof.

Am anderen Ende der Leitung höre ich meinen Vater lachen.

„Michelle hat einen gesunden Jungen zur Welt gebracht. Einen kleinen Noël! Mutter und Kind geht es gut."

„Okay, verstehe. Wir sind schon unterwegs."

Nachdem wir aufgelegt haben, muss ich schmunzeln. Mein Vater ist wirklich durcheinander, denn in der ganzen Hektik hat er mir den falschen Namen vom Baby genannt. Oder ich habe ihn falsch verstanden, das kann natürlich auch sein. Naja, wie auch immer.

Ich drehe mich um und merke erst jetzt, dass ich von sechs Augenpaaren angestarrt werde.

„Das Baby ist da!", rufe ich also und alle jubeln erleichtert.

Im Krankenhaus werden wir schon von meinem Vater beim Empfang erwartet. Wir folgen ihm eiligen Schrittes den Flur entlang. Maurice klopft an die Zimmertür. Max und Tim setzen sich auf eine Bank und sagen kein Wort. Auf dem Weg zum Krankenhaus, haben wir uns schon drauf geeinigt, dass wir nicht alle zur gleichen Zeit ins Zimmer stürzen werden. Erst sollen Maurice, Veronique und Kimberly ihr Brüderchen willkommen heißen und danach Joan, ich und die Jungs.

Mir kommt das Warten ewig lange vor und ich rutsche nervös auf meinem Sitz hin und her. Joan nimmt zur Beruhigung meine Hand und streichelt sie. Erstaunlicher Weise hat sie damit wirklich Erfolg, denn ich werde tatsächlich ruhiger. Dann öffnet sich die Tür.

„Der ist ja so süß und so winzig."

Veronique gerät regelrecht ins Schwärmen.

Leise betreten wir nun das Krankenzimmer. Michelle, hält ein kleines Bündel im Arm und lächelt selig. Sie sieht sehr erschöpft aus und auch an Kevin sind die letzten Stunden nicht spurlos vorbeigegangen. Als Michelle aufblickt und uns sieht, lächelt sie noch mehr.

„Darf ich vorstellen, das ist Noël."

Fragend schaue ich sie an.

„Naja, wer am Heiligen Abend geboren wird, sollte auch einen entsprechenden Namen bekommen.", erklärt Kevin knapp und streicht dabei liebevoll über das Haar seiner Frau.

Michelle reicht mir das kleine Wesen. Ehrfürchtig betrachte ich den kleinen Mann. Er hat ein kleines Stupsnäschen und ist etwas zerknittert. Aber Veronique hat Recht, er ist absolut süß.

Ich bin wie in Trance. Meine Gefühlswelt ist völlig durcheinander, als ich dieses kleine Wunder betrachte. Joan tritt neben mich, streichelt zart mit ihrem Zeigefinger über das winzige Gesicht und gibt mir einen Kuss auf die Wange.

Kevin steht uns gegenüber und sagt zwinkernd: „Das steht euch wirklich gut!"

23.

Das Jahr ist rasend schnell vorbeigegangen. Noch ein paar Stunden und dann beginnt das neue Jahr. Heute haben wir uns alle bei Kevin und Michelle versammelt, um dieses Ereignis gemeinsam zu erleben. Mein Vater sitzt am Esstisch und spielt mit Maurice, Veronique und Max ein Brettspiel. Tim und Kimberly sind oben im Spielzimmer. Joan liegt auf dem Sofa und ist völlig in sich gekehrt. Die ganze Woche war sie schon irgendwie so merkwürdig ruhig. Geräuschlos tigere ich um sie herum. Ich traue mich nicht, schon wieder nachzufragen, ob alles okay ist, denn ich will sie ja auch nicht nerven. Leise seufzend suche ich nach Kevin.

„Na, alles klar bei dir, Mann?"

Ich setze mich neben ihn aufs Bett und betrachte den kleinen Noël, der friedlich in seiner Wiege schläft.

„Ist das nicht ein Wunder?"

Kevins Stimme klingt heiser.

Ich nicke, denn ich verstehe was er meint.

„Ähm, hast du nochmal was von ihr gehört?"

Es ist das erste Mal seit Wochen, dass ich Kevin nach der anderen Michelle frage. Er kramt in seiner Hosentasche, zieht sein Handy hervor, drückt ein paar Tasten und reicht es mir dann wortlos.

> Ich habe lange darüber nachgedacht, und ich verstehe dich... Auch wenn es mir leidtut, dass es so endet... Ich hoffe trotzdem, dass es Dir gut geht

Das sind die Zeilen, die ich auf dem Display lese.

„Nachdem ich die SMS bekommen habe, habe ich sie nochmal angerufen. Wir haben lange miteinander gesprochen, alles war so vertraut. Aber ich bin nicht wieder schwach geworden!"

„Und wie geht es dir jetzt?"

Kevin schaut mich an.

„Sie fehlt mir, Anthony, sogar richtig viel, aber ich bereue meine Entscheidung nicht! Es wird noch einige Zeit dauern und wahrscheinlich werde ich sie nie ganz vergessen, aber ich werde es schaffen, ohne sie zu leben. Und weißt du, was mir wirklich Kraft gegeben hat? Dass ich ihr doch nicht egal bin."

Fragend schaue ich Kevin an.

„Sie hat mich bei unserem letzten Telefonat gefragt, ob sie sich ab und an bei mir melden darf, um zu erfragen, wie es mir geht. Wahrscheinlich wird sie das nie tun, aber diese wenigen Worte bedeuten mir so unendlich viel und haben mir Kraft geschenkt. Das einzige, was für mich jetzt zählt, ist in diesem Haus zu finden."

Zum ersten Mal seit langer Zeit, sieht Kevin wieder glücklich aus.

Ich gehe wieder hinunter ins Wohnzimmer. Das Gespräch mit Kevin hat meine Laune beflügelt. Ich setze mich zu Joan und streichle sie sanft. Erst jetzt bemerke ich ihre Tränen.

Ich knie mich vor sie.

„Hey, was ist denn los?"

Mit meinen Fingerspitzen wische ich ihr eine Träne von der Wange.

Sie blickt mich an und richtet sich auf.

„Ich glaube, wir müssen reden!"

Ein dicker Kloß bildet sich in meinem Hals, aber ich nicke.

„Wollen wir ein wenig spazieren gehen?"

Kurze Zeit später laufen Joan und ich Hand in Hand durch den knirschenden Schnee. Seit Heilig Abend hat es ununterbrochen geschneit. Alles ist weiß und der neue Schnee glitzert. Lange sagt keiner von uns ein Wort. Mit einem Mal bleibt Joan stehen. Sie kramt in ihrer Manteltasche und überreicht mir einen Stift.

„Irgendwann erfährst du es ja eh."

Mit diesen Worten dreht sie sich um und geht zum Haus zurück.

Ich betrachte den Stift und erkenne erst jetzt, was es wirklich ist. Auf dem Schwangerschaftstest sind deutlich zwei blaue Striche zu erkennen. Schnell laufe ich Joan hinterher und hole sie vor der Haustür ein.

„Von mir?"

Joan nickt.

Mehr muss ich nicht wissen, ich mache einen Schritt auf Joan zu, hebe sie an und drehe mich im Kreis mit ihr. Dabei mache ich laute Jubelgeräusche.

„Du bist mir also nicht böse und lässt mich allein?"

„Aber nein! Warum sollte ich so etwas Dummes tun?"

Ich bin sichtlich verwirrt.

„Na, weil es bisher immer so war. Kaum war ich schwanger, hat sich der Typ verpisst und ich war allein."

Joans Blick ist traurig.

„Ach Schatz, du weißt, dass ich dich liebe. Und die Jungs liebe ich auch. Und hey, wir bekommen ein Baby."

Es huscht ein Lächeln über Joans Lippen und dann küssen wir uns mit einer größeren Leidenschaft als je zuvor. Als wir wieder ins Haus kommen, sind alle im Wohnzimmer versammelt.

„Darf ich? Bitte, bitte!", bettle ich flüsternd Joan an.

Sie bejaht meine Frage mit einem leisen Lachen. Feierlich klopfe ich mit einem Löffel gegen mein Glas.

Bling! Dieser Ton hallt durch den Raum und alle schauen Joan und mich an.

„Ähm, ich bin kein großer Redner oder so."

Beginne ich meine kleine Ansprache. Die Worte drehen sich in meinem Kopf. Mit einem Mal bekomme ich Angst. Angst davor, dieser enormen Verantwortung nicht gewachsen zu sein. Kann ich wirklich für drei Kinder sorgen? Ihnen ein guter Vater sein? Und was ist mit Joan? Kann ich sie glücklich machen?

Ich schaue in die erwartungsvollen Gesichter meiner Familie und mit einem Mal weiß ich, dass diese Menschen mir beistehen werden, egal was ist. Ein breites Grinsen erscheint auf meinem Gesicht.

„Zuallererst, möchte ich Kevin und Michelle danken, dass wir alle heute hier sein dürfen. Einen Applaus für die zwei."

Kevin verdreht die Augen. Widerwillig wird geklatscht.

„Das letzte Jahr war sehr ereignisreich für uns alle und ich weiß, dass das kommende noch so viel besser werden wird. Aber nun ich werde mal nicht so sein und euch allen sofort die frohe Botschaft verkünden…"

Ich füge eine kleine Pause ein und dann sprudelt es aus mir heraus: „ICH, werde Papa!"

Kaum ist dieser Satz ausgesprochen, blicken alle auf Joan. Sie nickt zu meiner Bestätigung.

Mein Vater ist der erste, der wieder zu einer Reaktion fähig scheint. Er geht zu Joan und umarmt sie. Die anderen machen es ihm nach. Ich habe gewusst, dass sich alle für uns freuen werden.

24.

Wenn ich auf das vergangene Jahr zurückblicke, hätte mein Leben nicht besser verlaufen können.

Gerade jetzt befinde ich mich auf dem Weg zu Fiona. Heute ist der dritte Todestag meiner Frau. Ich gehe den geschwungenen Friedhofsweg entlang, der mich direkt an ihr Grab führt.

Wie immer, wenn ich hier bin, überkommt mich ein seltsam beklemmtes Gefühl. Ich sehe ihr Grab, das vom Schnee bedeckt ist. Noch immer finde ich die Vorstellung befremdend, dass meine geliebte Frau jetzt hier sein soll und mein Magen krampft sich noch immer bei dem Gedanken zusammen, dass ich sie nie wieder sehen darf.

Ich knie mich in den Schnee und berühre mit den Fingern die Inschrift des Grabsteins. Langsam fahre ich die Konturen ihres Namens nach.

„Hey meine Liebste. Ich habe dir was mitgebracht."

Ich lege behutsam die rote Rose, die ich ihr gekauft habe, vor den Grabstein.

„Flieder gibt es um diese Jahreszeit leider nicht. Aber das weißt du ja."

Ich falte meine Hände wie zum Gebet. Das mache ich immer so, wenn ich hier bin.

Wie so oft, frage ich mich im Stillen, ob meine Frau vielleicht irgendwo ist und mein Leben vom Hintergrund aus beobachtet. Natürlich hat sie einen festen Platz tief in meinem Herzen, das wird auch immer so sein. Aber diese Vorstellung finde ich tröstlich, denn dann wäre sie mir noch näher.

Ich erzähle ihr trotzdem von dem Umbau an Kevin und Michelles Haus und von dem kleinen Noël, denn ich möchte sichergehen, dass sie wirklich alles von mir weiß. Weiter berichte ich ihr von meiner Arbeit; von unseren Geburtstagsplänen für Papa; von Kevins gemeisterter Lebenskrise und sogar von der Frau, von der ich ab und an so merkwürde Sachen geträumt habe.

„Vielleicht kennst du sie ja? Ich würde ihr gerne helfen, weißt du. Sie ist immer so traurig. Aber ich weiß einfach nicht, wer sie ist. Und jetzt habe ich auch schon seit längerem nicht mehr von ihr geträumt."

Kurz halte ich inne.

„Ich habe wieder begonnen zu trainieren und bin sogar einen zehn Kilometer Benefizlauf mitgelaufen. Für krebskranke Kinder wurde der veranstaltet. Wie viel Geld an dem Tag gesammelt wurde, weiß ich gar nicht, aber es ist sicher einiges zusammengekommen. Meine Zeit war sechsundvierzig Minuten, zweiundzwanzig Sekunden und achtzehn Hundertstel. Als vierzehnter bin ich über die Ziellinie gelaufen. Für einen alten Mann gar nicht schlecht, oder?"

Ich lache kurz auf, denn ich weiß, Fiona hätte das gefallen.

„Es war ein großartiges Gefühl und ich habe an dich gedacht. Daran, wie du mich anfeuern würdest und natürlich an unser erstes Treffen."

Mit meinem Finger male ich kleine Herzchen in den Schnee.

„Fiona, es gibt da noch was. Ähm, ich habe jemanden kennengelernt. Naja, eigentlich kennst du sie auch. Erinnerst du dich an Joan? Es war gar nicht so geplant. Wir haben uns ein paar Mal getroffen und irgendwie ist es passiert. Ich hätte nie gedacht, dass ich nochmal so etwas für eine Frau empfinden würde. Und ganz ehrlich, manchmal fühle ich mich schuldig. Aber ich weiß, dass du weißt, dass ich dich immer geliebt habe und dich immer lieben werde. Und ich weiß auch, dass du wollen würdest, dass ich glücklich bin. Weißt du, Joan macht mich glücklich. Ich wette sogar, du würdest Joan mögen. Und wir bekommen ein Baby. Alles läuft momentan echt gut und ist einfach schön. Aber ich muss zugeben, ich habe große Angst."

Ich erzähle Fiona, von meinen Ängsten, das ich vielleicht dem ganzen nicht gewachsen bin und eventuell sogar versage.

Mittlerweile ist meine Hose am Knie völlig durchnässt und meine Finger sind taub von der Kälte.

„Ähm, ich werde jetzt mal wieder gehen. Es tat mal wieder gut mit dir zu reden. Wir sehen uns dann in meinen Träumen, okay?"

Mit diesen Worten erhebe ich mich.

„Bis bald. Ich liebe dich mein Engel!"

Dann mache mich auf den Rückweg zum Auto. An der ersten Weggabelung drehe ich mich nochmal um und werfe meiner Frau einen Handkuss zu.

Ich fahre los und muss die ganze Zeit an Fiona denken, daran, ob sie es wirklich gutfindet, dass ich dabei bin, mit Joan eine Familie zu gründen. Woher weiß ich, dass ich den richtigen Weg gehe? Und während ich fahre, biege ich gedankenverloren in eine kleine Straße ein. Ich halte am Straßenrand und schaue mich um. Vor einiger Zeit war ich doch hier schon mal versehentlich gelandet. Ich steige aus und betrachte das Haus, in dem Fiona und ich einst glücklich waren. Es ist in einem noch schlimmeren Zustand, als beim letzten Mal, als ich hier war.

Doch diesmal ist am Zaun ein Schild angebracht. Auf dem steht: *Zu Verkaufen*.

Nun weiß ich, dass es kein Zufall sein kann, dass ich ausgerechnet hierher gefahren bin. Ich weiß, dass Fiona mich geführt hat, um mir auf ihre Art und Weise zu zeigen, dass sie möchte, dass ich glücklich werde.

Epilog

Das Leben ist nicht immer einfach und schon gar nicht gerecht. Das musste ich schon so oft am eigenen Leib erfahren.

Doch wenn ich heute auf mein Leben zurückblicke, ist mir einiges klarer. So wie ich mich einst fragte, wer wohl um mich trauern würde, wenn ich mal nicht mehr bin, weiß ich nun, dass das in keinster Weise relevant ist. Das wichtigste ist vielmehr, wer einen liebt während man lebt. Und das man erkennt, wohin man gehört. Es heißt nicht umsonst, nach Regen kommt auch wieder Sonnenschein. Und wenn auch mal alles grau und hoffnungslos erscheint, ist es stets wichtig, dass man nie aus den Augen verliert, dass es sich stets lohnt, das Leben zu lieben.

ENDE

Und zum Schluss ein kleiner Dank für meine Leser:

Klickt auf meine Internetseite **PetraFischer.jimdo.com** und schickt mir dort unter **Kontakt** den Internetcode: *Schatten Leben* und sichert euch somit eine exklusive Story zum Roman…

WICHTIG: Ihr müsst eure richtige Mailadresse angeben, damit ich euch die Kurzgeschichte als PDF-Datei mailen kann!

DANKSAGUNG

Um auch wirklich die Rangfolge einzuhalten, danke ich in erster Linie meinem Mann Michael und unseren drei wundervollen Kindern Cynthia, Justin und Quentin. Ihr vier seid einfach das Beste in meinem Leben und mein größtes Glück. Ich liebe euch über alles!

Ohne dich Patricia gäbe es gar kein Buch. Also werden dich die Leser entweder lieben oder verfluchen. Ich danke dir, dass du mich überzeugt hast, dieses Buch zu schreiben und auch für deine Freundschaft!

Das wichtigste im Leben sind Menschen, die dich bedingungslos lieben. Ich bin froh erkannt zu haben, dass ich das große Glück habe, solche Menschen um mich herum zu haben! Ich danke meinen Eltern Roswitha und Gerhard; meinen Geschwistern Manuela, Wolfgang, Stefan, Ramona und ihren dazugehörigen Partnern; meiner Nichte Franziska und ihrer Tochter Elina, meinen Neffen Neves und Marcelino; meinen Schwiegereltern Klaus und Elke und meinem Schwager Erik, seiner Frau Nicole und meinen Neffen Niklas, Mika und Malte.

"Freunde sind wie Sterne... Du kannst sie nicht immer sehen, aber sie sind immer da." Daniela, Olivia, Christa, Désirée, Mike und Frank – ihr seid meine Stars.

Wenn ein Job nicht nur ein Job ist, sondern wahre Leidenschaft, kann man Glück haben und es entwickelt sich eine nachhaltige Freundschaft. Ich durfte dieses Glück gleich zwei Mal erfahren und danke somit der gesamten Familie Krummel (inkl. Oma) und der Familie Schell für ihre Freundschaft.

Ich danke meinen Lektoren Patricia, Nicole und meinem Mann Michael für die Hilfe bei der Fehlerbekämpfung.

Sandra, dir danke ich nochmals für das „alte" Coverbild, das fünf Jahre im Vordergrund geglänzt hat und nun die Rückseite ziert.

Christian Lehmann, dir danke ich für das Foto, welches ab jetzt das neue Coverbild ist. Es ist einfach wundervoll und zeigt einen kleinen Teil meiner alten Heimat Berlin-Köpenick.

Meine liebe Tanja Jahnke, vielen Dank für deine Detailgestaltung des Covers.

Und natürlich danke ich all denen, die mir stets mit Rat und Tat zur Seite gestanden haben. Da ist zum Beispiel Paul, dem ich sehr dankbar bin, dass er mir immer alle Fragen rund ums Laufen so geduldig beantwortet hat. Und wem ich auch sehr zu Dank verpflichtet bin, sind Sascha, Georg, Nadin und ihre Kinder, Susi und ihr Mann Heiko, Angelo, Christian, Tobias, Fred, Axel und noch ein paar mehr. Bitte verzeiht, wer bei der namentlichen Nennung zu kurz gekommen ist. Ich danke euch allen für die zahlreichen Ideen, die ihr mir zukommen lassen habt, bei jedem Brain Storming im Internet und mir so aus der ein oder anderen Schreibkrise rausgeholfen habt. Ich umarme euch alle gedanklich.

Zu guter Letzt danke ich meinen Lesern. Durch euch bekommt mein Tun Bestätigung.

DANKE!

<u>Petra Fischer bei BoD</u>

Mein Weg zur ewigen Ruhe
Roman

Von Kindheitstagen an kämpft Felicitas um Liebe und Anerkennung. Jeder Schicksalsschlag scheint sie stärker zu machen, bis zu dem Tag, als sie merkt, dass sie den Kampf nicht gewinnen kann.

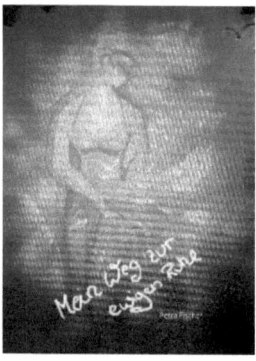

ISBN: 978-3848253043

Lesen Sie mehr unter:

www.PetraFischer.jimdo.com

Petra Fischer bei BoD

Glück fürs Glücklichsein
Roman

Ausgerechnet am Tag seiner Hochzeit begegnet Raik seiner Jugendliebe Fabienne wieder. Schnell wird klar, dass sie beide noch immer Gefühle füreinander hegen. Doch was ist es, was die zwei so stark verbindet und warum herrschte fast 20 Jahre Stille zwischen ihnen?

ISBN: 978-3738605167

Lesen Sie mehr unter:

www.PetraFischer.jimdo.com

Petra Fischer bei BoD

… und dann kommt morgen
Roman

Nach einem schweren Motorradunfall sitzt Leonard im Rollstuhl. Wegen seiner eigenen Missgunst sich selbst gegenüber, flüchtet er immer mehr in die virtuelle Welt. Leider holt ihn auch dort die Realität ein, denn er muss feststellen: Es ist nicht alles Gold, was glänzt.

Ein glücklicher Zufall bzw. ein zufälliges Treffen lässt Leonards Lebensmut neu aufblühen, und was er einst verloren glaubte, findet er schließlich wieder.

ISBN: 978-3738605167

Lesen Sie mehr unter:

www.PetraFischer.jimdo.com